諸屯

真喜志興亜

文藝春秋企画出版部

諸屯　もくじ

装画・挿し絵　小葉田千穂
装丁　山内宏一郎

諸《しゅ》屯《どぅん》

琉舞

「次は、お待ちかね、カチャーシーです。ステージに上がり、カチャーシーを踊って下さい。金城清吉《きんじょうせいきち》おじいの米寿をカチャーシーで祝いましょう」

司会の呼び掛けに、速いテンポに合わせて頭上で手首を回すカチャーシー好きの人々は、待ってましたとばかりにステージに向かった。その動きに釣られ、あちこちのテーブルから人々は立ち上がり、動き出した。

カチャーシーの活気あるリズムと、座っている人々の手拍子の後押しで、ステージの上の人々は自己流で手足を動かし、踊りに興じた。

「皆さん、カチャーシーで盛り上がっています。小さいお子様方もステージに上がって下さい。お子様方の可愛いカチャーシーの踊りを、清吉おじいに見せましょう」

司会の呼び掛けに、親達が我が子を促し、小さい子供達もちらほらステージに上がり、大人遠縁の伯父の米寿《べいじゅ》の祝いに、知花《ちばな》正雄は妻道枝と、小学校三年の娘孝子を連れて来ていた。子供達のカチャーシーを見ていた正雄は、今までステージに向けていた目を、側《そば》に座っている娘に向けた。娘は真剣な目でステージを見つめていた。

「孝子もステージに行って、カチャーシーを踊ったら」

と、声を掛けた。孝子は何のためらいもなく椅子から立ち上がり、ステージに向かった。子供達は観客に見つめられているのを意識してか、恥ずかしそうに下を向き、手足を動かしていた。孝子は恥ずかしさを感じないのか、大人の踊りにじっと目を向け、手を動かしていた。初めてのカチャーシーなのに、足の動きもリズムに乗っていた。

「孝子のカチャーシーね、どう思う」

正雄は妻の道枝に声を掛けた。

「カチャーシーは初めてなのに、とてもうまいわ」

孝子のカチャーシーの踊りは、両親の心を揺さぶった。娘に琉舞《りゅうぶ》（琉球舞踊）を習わせようと思った。四、五日経ってから、夕食の後、正雄は娘孝子に、

「近くに琉舞の教室があるが、習ってみる気はあるか」

と聞いた。

「習ってみたい」

孝子は、即答した。孝子は孝子で、カチャーシーに興じた自分を知っていた。

知花正雄は普天間《ふてんま》の街角で、歯科医院を営んでいた。妻道枝は中学校で英語の教師をしていた。家から歩いて十分くらいの所に琉舞の教室があり、上原恵子という中年の女性が師範だった。月の終わりに、母親道枝は娘孝子を連れて琉舞教室を訪ね、娘を入門させた。

孝子は小一の時からピアノを習っていた。それは水曜日に行っていて、琉舞は金曜日に行くことになった。

琉舞の教室には、三ケ月前に通い始めた同学年の女の子がいた。比嘉貞子といい、志真志《しまし》からバスで通っていた。貞子には五歳年上の姉淑子《よしこ》がいて上原舞踊教室に通っているが、習いに行く日は水曜日だった。姉の淑子が小学校三年生より琉舞をスタートしたので、妹も同じようにと両親が望んでいたからである。

上原舞踊教室では、小さい子供の入室も受け入れていたが、小三までは童謡の歌と踊りを教えていた。いきなり成人の踊りに入るのではなく、まずは幼児の童謡とその踊りからスタートさせ、次第に琉舞に馴染《なじ》ませようとした。

そして、小四、小五から大人の琉舞に入っていった。それでも小学生は、週一回教室に通い、二年かけて一つの踊りを覚えていくのが普通で、一年に一つの踊りをマスターする子は、よっぽど踊りに才能のある子であった。

孝子は背が高くてスラッとしていたが、貞子は小柄だった。おとなしい子で、真面目に琉舞に向き合っていた。師匠が踊りの手本を示すと、それをそっくり真似て踊ろうと努めた。一挙手一投足を真似るには、相当時間が掛かる。だから、貞子は踊りを覚えるのが遅かった。

その点、孝子は踊りを覚えるのが速かった。師匠の踊りを大筋で覚えるので、全体の把握が速いのである。細かい所はできてなくても、大筋の踊りを仕上げるのは速かった。

師匠の上原は、二人の違うやり方に対し、両方を是とした。三ケ月前に入門した貞子をどんどん追い越していく孝子を師匠の上原は、殊更誉《ことさらほ》めなかったし、踊りの習得が遅い貞子をけなさなかった。

「孝子、あんた覚えが速いね。私、頑張ってるけど、遅い。頭が悪いんだね」

稽古が終わり、貞子が乗るバス停まで二人は話しながら歩き、貞子を見送ってから、孝子は自宅へ帰る。

「そんなことないよ。私の踊りは大雑把《おおざっぱ》。貞子みたいにきちんと覚えて踊ってないよ。貞子みたいにしっかり踊らないといけないと、いつも思っているよ」

毎週この会話は繰り返される。貞子は孝子の励《はげ》ましの言葉で気を持ち直し、手を振ってバスに乗る。

貞子に対する孝子の励ましの言葉は、気落ちしている友人の気持ちを持ち上げようという思いがあっての言葉であるが、それは孝子の本心でもあった。そして、孝子は貞子の踊りも好きだったが、貞子の人となりが好きだった。一生懸命に踊りに打ち込んでいる。孝子は踊りの教室に行くのが楽しみであったが、それは、一週に一度大好きな貞子に会えるからでもあった。

琉舞教室では一年に一度発表会があり、市民会館を借りて行われた。孝子が踊りを習い始めてすぐに発表会があったが、それには参加できなかった。貞子も習い始めたばかりであったので、出場はできなかった。

貞子は姉が出演するので、見に行くという。孝子も母親にお願いして連れていって貰った。貞子は先に来ていて、気を利かせて二人分の席を取っていたので、孝子と貞子は二人並んで見た。

二人の母親は初対面なので、挨拶を交わし、やはり並んで見た。貞子の姉淑子は中学生で、五年も踊りを続けているので、大人に引けを取らない踊りを披露《ひろう》していた。

踊り終わり、退場していく淑子の踊りを見て、孝子の母道枝は貞子の母光子に、

「とってもお上手。すばらしかったです」

と感想を述べた。

「ああなるまでに、相当苦労をしました。貞子は姉みたいになりたいと踊りを始めましたが、根気が続きますかね。覚えが遅いとぼやいています。孝子さんに会うのが楽しみで通っているようです。よろしくお願いします」

と言う光子に、道枝は、

「うちの孝子も、貞子さんに会うのが楽しみで教室に行っているみたいです。これからもよろ

しくお願いします」

と言い、頭を下げた。


それから一年が経ち、舞踊教室の発表会になった。今度は孝子と貞子も一つずつ踊りを披露することになった。娘が踊るというので、孝子の父正雄も母道枝と見に来た。席に座る前に、孝子と貞子の家族は挨拶《あいさつ》を交わし、立ち話をした。そこへ、

「先生もいらしたんですか」

と孝子の父正雄に声を掛けた男性がいた。普天間からほど近い大山に住んでいて、時々歯の治療に来る患者の一人、前里盛次であった。前里は県庁の土木課に勤める技師であった。息子の盛秀は六年生であった。

孝子と貞子は、初めて盛秀に会った。お互いどうしていいかもじもじしていたが、三家族は同じ列に座った。親は親同士、子供は子供同士と二つに分かれた。子供の中では貞子の姉淑子が最年長で、姉さんらしい落ち着きがあった。

子供達は自分の出番以外は、自分の席に座り、舞台の踊りを見ることができた。孝子と貞子は初めて、自分達より二歳年上の盛秀の踊りを見た。年季が入っているので、その分のうまさはあった。二人は身近な目標を目にした。大人の踊りより、盛秀の踊りは二人に感銘を与えた。

三人が一堂に会するのは主に舞踊の発表会であったが、たまに盛秀は孝子と貞子の練習日に

来ることがあった。それは盛秀が自分の練習日に都合があって来られない時、代替として二人の練習日に来ていた。

その時、盛秀はいつもとは違う雰囲気なので緊張した。しかし、それ以上に孝子と貞子に強い戸惑いを起こさせた。気になる異性の存在を感じながら、練習をしていたからである。

とはいえ、三人は子供であり、異性という意識よりも、子供同士という意識が強く、三人は仲良しになって、踊りの研鑽《けんさん》を積んでいった。

大方の沖縄の琉舞教室は発表会を持ち、それを目指して練習をする。そして、踊りのうまい生徒には新聞社主催のコンテストを目指しての指導もした。初めに目指すのは新人賞であり、次に目指すのは最優秀賞であった。

上原舞踊教室も、ある程度踊りができている門下生にコンテストを目指させているが、たまにしか受賞しなかった。新人賞はこれまで数人出ているが、最優秀賞は出ていなかった。

貞子の姉淑子は、中学三年生の時、新人賞のコンテストを受けたが、落ちた。高校生になり、再度チャレンジしようと思っていたら、バレーボールがとても上手で、入部の勧誘があった。県大会で優勝するには是非あなたの力が必要と再三先輩から口説かれ、入部した。琉舞との両立はできなくて、琉舞を断念した。

淑子は琉舞をやめた時、妹に「私の分まで頑張って」と言い、貞子もそれを重く受け止めた。

中学二年生になると、コンテストの参加資格を持つ。孝子や貞子もそのことを師匠から言われ、新たな目標を持った。これまでは、一つひとつ踊りを習得していけばよかったが、コンテストでは、自分の踊りに対し、審査員から評価を受ける。だから、新たな気構えを持って踊るようになった。

中二になった孝子は、師匠から今年は新人賞のコンテストを受けるようにと言い渡された。高一の盛秀もそれを知らされていた。貞子にはそれがなかった。

貞子はがっかりしたが、姉の淑子でさえ、中三の時に受けて落ちたのだから、中二ではまだ早いと自分に言い聞かせようとした。その点、盛秀は高校一年生だからいいとしても、孝子は中二で受けるのである。自分と孝子との間に大きな差ができたことを感じ、悔しさでいっぱいだった。

孝子と盛秀は、コンテストに向けての特別指導を受けた。土曜日は学校が午前で終わるので、三時から四時半の間が二人の特別指導に当てられた。五時からは通常の舞踊教室があるので、その前に割り当てられた。

貞子は、事の成り行きに寂しさを感じた。孝子は踊りの上達が早く、自分は遅い。普段はそれを知っていても、自分は努力を重ねていけばいいと自身に言い聞かせていた。しかし、コンテストという壁にぶつかった時、受けて落ちたのならともかく、受けるチャンスすら与えて貰えなかった。それを思うと、もっと頑張ろうと自分を奮い立たせる元気はなく、いくらやっても自分は駄目という暗い気持ちに陥《おちい》っていった。

いつもの踊りの練習が終わり、孝子と貞子はバス停に向かっていた。寂し気に歩く貞子を見て、原因は何か分かっているので、孝子は、

「今年は私、頑張ってみるけど、来年はあなた頑張ってよ。今年は私、受けてみるけど、落ちると思う。来年あなたと一緒に受けると思うよ。今年、私が落ちたら、私の踊り方に根本的な悪い所があるからで、来年もまた落ちると思う。その点、あなたの踊りは先生の教えた踊りをしっかり身につけているから、私は落ちて、貞子あなたは受かるよ」

と、貞子を励ました。

「ありがとう。慰めてくれて」

と言い、少し元気を取り戻した。そして、

「どうなの、土曜日の練習」

と貞子は、コンテストに向けての孝子と盛秀の練習のことを聞いた。

「私、先生にいっぱい直されている。盛秀さんはあまり直されない。しっかり覚えているんだね」

「そう、さすがだね。孝子と盛秀さん、お似合いのカップルだね」

盛秀は背が高く、ハンサムで顔立ちも良い。かっこいい高校生である。孝子は仄《ほの》かな憧れの思いが胸の中にあった。それをずばり言い当てられたので、うろたえた。瞬間的にそれを隠そ

うと、

「盛秀さん、モテモテだろうね。その中の誰かに意中の人がいるかもね」

と向きを変えた。それも考えられないことはないと貞子はしばらく口を閉ざしたので、孝子は貞子に、

「盛秀さんみたいなかっこいい人は、貞子みたいに実直でこつこつと努力を続ける女性が好きかもよ」

と言った。

「それはない、それはない」

と、すぐさま否定はしたが、そうであってほしいという思いは胸の中にあるので、貞子は、

「身近にスターがいて、うちの教室はいいよね。盛秀さんは受かると思うけど、孝子も頑張ってよ」

と元気そうに言い、バス停に向かう貞子の初めの寂しげな表情は、明るい顔に変わっていた。

新人賞のコンテストの日が来て、孝子は師匠の車に乗って新聞社に向かった。二十代の大人の女性も受けるので、その人も同乗した。途中、大山で盛秀をピックアップした。

コンテストは新聞社のホールで行われた。審査員は七人で、会場の前列に陣取った。踊りの教室の師匠や、コンテストに参加する者の家族は、会場の席に座り、踊りを見ることができた

が、踊りの師匠は前もって観覧する人数を新聞社に報告しなければいけなかった。上原教室の家族は誰も観覧を希望しなかった。

新人賞のコンテストの参加者は、二つのグループの琉舞からそれぞれ一つを選択し、二つの踊りを審査員に見せなければいけなかった。

スタートして三番目に盛秀が踊り、しばらくして孝子の番になった。もう一人の大人の女性は、終わりの方で踊った。

コンテストの日は水曜日で、審査の発表は土曜日の三時に新聞社の掲示板に貼り出されることになった。大人の女性は仕事で行けなかったが、孝子と盛秀は師匠の車で見に行った。

コンテストは舞踊だけでなく、三線《さんしん》や琴、歌と多岐にわたり、全ての入賞者の名前が大きな紙に毛筆で書き込まれていた。

盛秀と孝子の名前がそこにはあった。もう一人の大人の女性の名前もあった。師匠は二人の手を代わるがわる取り、「おめでとう、おめでとう」と言い、目に涙をいっぱい浮かべた。

盛秀が孝子の手を握り、「おめでとう」と言ったので、孝子はその手を握ったまま、「ありがとう」と言った。孝子は初めて異性から手を握られた。うろたえもしないですんなりとそれに応じたが、内心の胸の鼓動は激しく高鳴っていた。

次の日は日曜日で、コンテストの合格者は朝刊の新聞に掲載された。知花家の親戚縁者は次々と「おめでとう」の電話を掛けてきた。それには父親の正雄が応じたが、中には孝子と話したいという人もいて、その都度孝子は呼び出された。

母親の道枝は夕食を在り来《きた》りにせず、祝いの色合いに満ちた盛り沢山《だくさん》の料理を拵《こしら》えた。

次の日、孝子は学校で、級友や先生から、「おめでとう」の言葉をいっぱい貰った。いつもは挨拶を交わしたことのない下級生の女の子からも、目が合うとにっこり笑った可愛い笑顔を貰った。

しばらくお目出度《めでた》ムードが続いている中で、父親の正雄は、孝子の師匠の上原に、夕食を共にしたいとレストランに招待をした。

日曜日の夕方、伊佐浜《いさはま》のホテルで落ち合った。そこに集ったのは、孝子の両親そして上原師匠であり、孝子は含まれていなかった。父正雄は琉舞そして娘の踊りについて、師匠からじっくり聞いてみたいという魂胆があった。そのホテルにはいろんな料理の店があったが、師匠の上原は日本料理を希望したので、その店に入った。

料理を注文し、間があるので、正雄は、

「この度は、孝子が本当にお世話になりましてありがとうございました。盛秀君が受かるのは知っていましたが、孝子まであやかるとは思いもしませんでした」

とお礼の言葉を述べた。

「孝子さんの踊りの良さを審査員が分かるかどうか心配でしたが、分かってもらえたようで、その点審査のやり方を心強く思いました」

と師匠の上原は本音を語った。

「沖縄にはたくさん琉舞の教室がありますね。日本の言葉は東京の言葉が標準語ですが、琉舞にも、標準語みたいな琉舞の本流というのがあるんですか」

と正雄は、日頃自分が疑問に思っていることを質問した。

「各時代に踊りの名手たちがいました。人々の語り合いの中から、誰がうまいということになり、その時代でトップを走る人がいます。

この百年を、太平洋戦争で戦前、戦後と二つに分けてみます。戦前には、玉城盛重《たまぐすくせいじゅう》という大スターがいました。整った容貌から『沖縄の市川団十郎』などと呼ばれたようです。その人の流れを汲む人を、戦後の本流にするかというと、そうでもないみたいです。玉城盛重という天才が生きた時代には、それに負けまいと懸命に頑張った人々がいました。その人達も、すばらしい踊りを弟子達に継承しています。戦前には芝居シー、つまり劇場で芸を見せる人ですね、その人達も盛重の踊りを見て影響を受け、自身の踊りを磨き、弟子をたくさん育てました」

長口上をしたと思い、師匠の上原はひとまず休みを入れた。

「戦後は、玉城盛重のような大スターは生まれていないのですか」

と、正雄は突っ込んだ。

「大スターはいません。群雄が割拠しています。それでいいと思います。互いに競い合って、全体として琉舞を盛り立てていけばいいと思います」

料理が来たので、それを啄《ついば》みながら、師匠の上原はゆっくりと語り続けた。

「玉城盛重は自分自身踊りに磨きをかけましたが、弟子の育成もしっかりしました。その中の高弟は護得久朝章《ごえくちょうしょう》です。沖縄が日本に復帰する前、今の県議会は、立法院と呼んでいましたね。護得久朝章は首里を基盤とした政治家ですが、最後は立法院議長になりました。

彼は若い時、玉城盛重から踊りの手解《てほど》きを受けます。ぐんぐん上達し、彼の踊る男踊りの花である『高平良万歳《たかでいらまんざい》』は圧巻だったといいます。護得久朝章は、世が世なら護得久御殿《うどぅん》の嫡子です。気位も高い。背が高くハンサムで美男子の彼の『高平良万歳』の踊りはどんなだったか、想像しただけでワクワクします。

小さくまとまった踊りではなく、大きく羽ばたいた踊りだったというのです」

興に乗った上原の琉舞の話は、知花夫妻に深い感銘を与えていた。上原が少し休み、料理を口にしたので、正雄は口を挟んだ。

「そういう踊りは可能なんですか」

少し間を置いてから、上原は話し始めた。

「可能です。どういうことかというと、一つの踊りは、手さばき、足さばきの連続ですが、手さばきの手の動きの範囲は無制限ではありません。手の高さ、低さには制限があります。つまり、手の動きには許容範囲があって、それを越えてはいけません。弟子がそれを越えたら、師匠は、もっと低くとか、もっと高くとか注意を与えます。

男踊り

玉城盛重は弟子に踊りを教える時、踊りのスタンダードはしっかり示し、これぞ手本という型を示したと思います。

ところが、弟子の護得久朝章は『高平良万歳』を踊る時、手の高さが許容範囲ギリギリか、時には越えて踊ったと思います。それに対し、盛重は文句を入れなかったと思います。

どうして、それを許したかというと、見ていて美しかったからです。自分が作った規範より、それを破った弟子の踊りが美しかったら、そちらを是としたのです。

ところが、違う弟子が護得久朝章の踊りを見て、彼もその高さで踊ったら、師の盛重はそれを窘《たしな》めたと思います。君は規範通りで踊れと。君には君の美の高さがあると。

玉城盛重の偉いところは、踊りの規範を作ったことですが、その規範は絶対的なものではなく、時たまそれを越えたところにも美があるとしたところです。

琉舞で女踊りの最高峰は『諸屯《しゅどうん》』です。護得久朝章は『高平良万歳』で大きい踊りをしましたが、『諸屯』ではどんな踊りをしたかです。

私、『諸屯』を踊っている護得久朝章の写真は見たことがありますが、どんな踊りをしたか分かりません。師の規範通り、ひょっとしたら、あの背の高い護得久朝章が、あんなにも小さい踊りを踊るのかと、人をびっくりさせるような小さい踊りを踊ったかもしれません。

『諸屯』を踊るに当たり、師の盛重と弟子の護得久朝章との間に、どう踊るかについて、いろんな検討があったと思います。その結果、どんな踊りになったか、とても興味があります」

孝子の母道枝は、月の初めの娘の稽古日に、月謝を納めに教室に行く。その時、師匠の上原とは二言三言挨拶を交わすが、穏やかな、やさしい先生という感じである。その人が、今日は琉舞についての考えをしっかり述べている。普段とは違うイメージに驚いていたが、見識の高い先生の所に娘を通わせ、本当に良かったという思いだった。

「ところで、先生、孝子の踊りはいかがでしょうか」

新人賞は取ったので、何年か後に、最優秀賞のコンテストを受ける。それに対する師匠の考えを正雄は聞いてみたかった。

「大方というかほとんどの生徒は、私の踊りをその通り踊ろうと努力します。手足の動きの真ん中の線を私は生徒に模範として示し、その軌道で踊りますから、踊りの全体としての見映《みば》えは小さくなります。盆栽は小さくて美しいのですが、それを生徒に手本として示します。

それに比べ、日の光をしっかり浴びた庭の木々は枝葉を思い切り伸ばし、ゆったりした大きさを見せます。

孝子さんの踊りは、庭の木の踊りです。稀《まれ》に見る素質を持っています。護得久朝章的な踊りです。孝子さんを教えていて、玉城盛重は護得久朝章をこういうふうに見ていたのかと思うことがあります。これから最優秀賞に向けての稽古になりますが、孝子さんの素質をしっかり伸ばす指導をします。審査員の目を気にしないで、大きな伸び伸びとした庭の木に育てていきます」

そこまで聞いて、父親の正雄は、

「先生、ありがとうございます。本当にありがたいです。これからもどうかよろしくお願い致します」

と言い、知花夫妻は深々と師匠の上原に頭を下げた。


次の年、貞子は新人賞のコンテストを受け、合格した。孝子と盛秀は最優秀賞のコンテストを受けなかった。師匠の上原にその気がなかった。二年はみっちり稽古をしてからという思いが胸中にあったからである。

都合があって、孝子と貞子の稽古の日に盛秀が来た。稽古が終わり、三人がバス停に向かって歩いていたら、盛秀が、

「貞子が新人賞を取ったから、それを祝って、三人で万座毛《まんざもう》に行かないか。夕日がきれいだし、そこには恩納奈辺《おんななびー》の歌碑がある。長いこと行っていないので、何かしら行きたいんだ」

と言った。孝子と貞子も同意し、三人で行くことにした。当日は日曜日で、孝子の父親正雄の運転で行った。

正雄は恩納村《おんなそん》近くの万座毛で三人を降ろし、一時間半後に迎えに来ると言い、名護《なご》に買い物に行った。

師走《しわす》の夕方、万座毛の潮風を頬にひんやりと心地好く受け、三人は西の海に沈む夕日が見え

る崖《がけ》に向かって歩いて行った。晴天の日、夕日は西の海の地平線の上で、周りに浮かぶちぎれ雲を薄紅色に染め、やんわりと浮かんでいた。

三人は夕日を見つめ、しばらくは何も言わなかった。盛秀がおもむろに口を開いた。

「夕日は、僕の心の中で琉舞と重なる所がある。踊り終わって、退場していく所だ。きれいな夕焼けを残して退場するか、どんより曇った空の中に消えていくか、観客は退場していく僕の踊りをどう見るかだね」

「すばらしい捉え方だね。すごいよ、盛秀さん」

孝子は感動して、そう口走った。貞子は何も言わず、俯《うつむ》いている。孝子はそれを見て、貞子は盛秀の感受性のすばらしさと人柄のすばらしさを胸いっぱいに感じているなと思った。

三人は夕日が地平線に沈んでいくのを見届けてから、恩納奈辺の歌碑に向かって歩いた。恩納奈辺は十八世紀の恩納出身の歌人であるが、遊女でもあった。

薄暗くなっているが、歌碑の文字は見える。盛秀はそれを見ながら口吟《くちずさ》んだ。

波のこゑん止まれ
風の聲も止まれ
首里天加那志
美御き拝ま

琉歌は、八・八・八・六の形式である。歌意は、「波の音、風の音、全てのものよ、静まりなさい。ここにいらっしゃる国王様を、みんなで拝みましょう」である。

三人は歌碑をじっと眺めていたが、しばらくして盛秀が口を開いた。

「〝波のこゑん止まれ、風の聲も止まれ〟は、舞台の上での踊り手の気魄《きはく》だね。踊り手は舞台の上で真剣勝負をしている。緊迫感の中に身を投じている。〝首里天加那志〟は観客だ。国王に舞いを見せるような緊迫感の中で、真剣に踊れ、とも受け取れる」

「まさにそうだね。盛秀さん、すごいよ。これもすばらしい解釈だね」

孝子は貞子を見た。自分は、盛秀の変わった、すばらしい解釈にすぐ反応したが、貞子はまた下を向き、目を閉じている。貞子は盛秀に心の底から傾倒していると思ったが、孝子は何も言わず、盛秀のすばらしい解釈とそれに対する貞子の反応を、貞子に見習って自分の胸にしまっておいた。

三人は、孝子の父が待っている駐車場へ歩いて行った。孝子はハンドルを握って車を走らせている父に、夕日と歌碑に対する盛秀の考え方を話した。父正雄は、

「盛秀君は踊りもうまいが、文学的な感覚も鋭いね」

と感心した。正雄は娘孝子が万座毛に踊り友達と行くというので、日曜日でもあるので運転を買って出たが、よかったと思った。万座毛の夕日と歌碑をそういうふうに見てきたかと思う

と、子供達の未来を頼もしく思い、心楽しくハンドルを握った。

中学三年生になり、孝子と貞子は県立の普天間高校を目指した。孝子は成績が良かったので受験の心配はなかったが、貞子は不得手な学科がかなりあった。特に数学が苦手なので、孝子の家に来て、孝子から数学を習った。

琉舞同様、貞子は勉強も努力をしたが、苦手の学科は、努力の割に成果が実ってこなかった。親友をどうにかしたいという気が孝子にはあり、自宅に勉強を教わりに来る貞子を快く迎えた。孝子の両親も貞子を娘みたいに可愛がり、夕食もよく一緒に食べた。

そのせいもあり、貞子も無事合格し、二人は普天間高校に通った。盛秀は高校三年生になった。学校の成績も良く、琉舞も新人賞を取っているので、女子生徒から人気があった。

孝子と貞子も、中学生で新人賞を取ったというので、一年生の間だけでなく、学校全体に知られていた。貞子は地味な風貌なので、単に知名度があるというだけだったが、孝子は背が高く顔立ちも良いので、人気があった。

盛秀と孝子は、生徒からの人気などは気にしないで琉舞に励んでいたが、師匠から最優秀賞のコンテストを受けてみるように言われた。貞子には声掛けがなかった。去年新人賞を貰ったばかりなので、時期尚早《しょうそう》であった。

三十七人が受けた。発表の日、師匠の運転で、盛秀と孝子は見に行った。本命の盛秀の名前はなく、孝子の名前はあった。

盛秀は落胆したが、それを顔に見せないで、笑顔で孝子に合格の喜びの言葉を述べた。孝子は、盛秀の人となりをさすがと思った。

師匠の上原は、コンテストを目指しての練習の時、盛秀の踊りに対しては、ほとんど手直しをしなかった。これでコンテストに充分立ち向かえると思ったからだ。ところが、孝子に対しては随分手直しをした。

余りにも、全体的に踊りが大きすぎるのである。これは盆栽、これは庭木と、半分以上は盆栽にした。

孝子は師匠の手直しをしっかり頭に入れ、練習を頑張った。日頃手直しをしてくれない師匠が、コンテストに向け、厳しい手直しをしてくれたのである。孝子はそれが嬉しく、これまで家では踊りの練習をしたことがないのに、母親の等身大の鏡を見ながら練習に励んだ。

高一で最優秀賞に輝いたのは初めてと、新聞でも取り上げられた。その中で、孝子に対する批評も載っていて、

「基礎がしっかりしていて、伸び伸びと踊っている」

というものであった。

全ては師匠上原の手直しのおかげである。孝子は、師匠の愛情をひしひしと感じた。

盛秀は高校を卒業すると、沖縄にある国立の大学を受験し、合格した。専攻は土木工学だった。父親は県庁の土木課の技師で、そんな父を尊敬しており、父と同じ職業を自分の一生の仕事にしたいと思っていた。

大学に入っても、週に一回、踊りの教室には通った。秋にある新聞社主催の琉舞の最優秀賞のコンテストを師匠の勧めで受けた。

発表は土曜日にあり、新聞社の掲示板に載る。師匠の車に孝子と貞子は乗り、大山で盛秀をピックアップした。

今度は、盛秀の名前があった。師匠は涙ぐんで、「おめでとう、本当によかった」と言い、盛秀の手を握った。しばらくして、師匠が手を放すと、孝子が盛秀の手を握り、「おめでとう、おめでとう」と言い、強く握りしめた。

「あった、あった」と師匠と孝子が叫んだので、貞子も掲示板を見た。その中に盛秀の名前を目で確かめると、俯いて泣き出した。「おめでとう」の常套句《じょうとうく》を口に出さず、涙を流し、嬉しい思いに浸《ひた》っていた。

すごく嬉しいことなのに、貞子はうなだれて泣いている。周囲の目を気にしないで、貞子は思いきり泣いている。自分の感情をしっかり出している貞子の姿に、孝子は自分にはない純粋な思いの丈《たけ》を感じた。

「貞ちゃん、ありがとう。僕が落ちていたら、慰めていただろうが、受かったので泣いてくれているんだね、本当にありがとう」
と言いながら、盛秀は貞子の背中をやさしく撫《な》でていた。泣きじゃくる貞子と、それを手で労《いたわ》る盛秀のやさしさは、一幅の美しい絵になって孝子の胸に強く刻まれた。

高校を終えた孝子は、東京にある私立の大学に入学した。そこは母の母校である。専攻は英文学で、これも母と同じであった。アパートを借り、そこから通学した。学友はたくさんでき、授業も楽しく受けた。

孝子は学園生活を満喫したが、週に一度はアパートで琉舞の稽古をするように心掛けた。音量を小さくして流し、それに合わせて踊るのだが、動きの中で気になることがあったら、踊りの入っているビデオ映像を見て、研究をした。

孝子はルックスが良かったので、言い寄る男性がかなりいたが、孝子はそれを全て断った。しつこく言い寄る男性には、「自分には沖縄に好きな男性がいるから」と言った。それを言う時には、盛秀のことが頭にあった。言い寄る軟派に比べると、沖縄で勉強と踊りをしっかり頑張っている盛秀の姿は、華であった。

夏休みになると、孝子はすぐ沖縄に帰った。みんなに会うのは楽しみではあるが、一番の目的は、上原先生の舞踊教室に連日通うことである。東京での生活は、勉強が主体であり、踊りは二の次になる。できるだけ週に一度は踊ろうと努めるが、儘《まま》ならぬことがある。それを挽回するには、沖縄に帰り、教室で集中的に稽古をしたいという思いがあった。

孝子のこの心意気は、みなに歓迎された。両親はもとより、上原の舞踊教室全体に喜びを与えた。師匠はもとより、踊り仲間の貞子や盛秀、そして、年少の子供達にである。孝子は、東京の有名な私立大学に通っていて、夏休みには沖縄に帰り、舞踊に打ち込む。踊りの教室に通う子供の親は、手本にすべき行動と誉め称《たた》えた。

貞子の家は、農業を営んでいた。養鶏、養豚も兼業としてやっていた。高校受験の時、そして、高校に入ってからも、貞子は孝子の家に孝子から数学を習いに行った。その時、貞子の母親は、よくとれたての卵を手土産《みやげ》として持たせた。

家計は裕福ではなかったので、貞子は進学をしないで、銀行に就職した。貞子の姉の淑子は短大まで行ったが、貞子は行かなかった。それは、姉淑子の結婚に起因したともいえる。

淑子は短大卒業後、沖縄にある米軍施設内の売店ＰＸ（Post Exchange）に勤めた。そこで、同僚のアメリカの青年ジェームズと恋をした。初め淑子の両親は二人の結婚に反対したが、青年の人柄が良く、真面目なので同意をした。

ジェームズは帰国することになり、淑子も渡米し、バージニア州南東部の港湾都市ノーフォークに移り住んだ。ジェームズは大学院に通い、公認会計士の資格を取り、事務所を開いた。

貞子の両親は、長女がアメリカに移住したからといって気落ちをしないで、貞子に長女淑子のように短大に行くのを勧めたが、貞子は就職を選んだ。貞子の下には中学生の弟がいて、何年か後で大学に通わせるには、自分は就職をし、家計の足しに今から家に月給を入れた方が良いと判断をしたからである。

貞子は就職して二年目に、琉舞のコンテストで最優秀賞に輝いた。孝子は高一で取ったが、その後四年経ってから受賞した。翌年の夏、孝子が帰省した時、盛秀の呼び掛けで、三人はまた万座毛に行った。

運良く晴天の日で、万座毛の夕日は三人を優しく迎えてくれた。辺りをやわらかな紅色に染め、消えていった。

それを見届けてから、恩納《おんな》奈辺《なび－》の歌碑の所へ行った。盛秀が歌碑に向かって手を合わせたので、二人も見習って手を合わせた。歌碑は単なる歌碑でなく、三人の琉舞を見守るお墓みたいなものになっていた。三人が三人とも最優秀賞に輝いており、歌碑から力強い加護を貰っていると思った。

大学四年生の時、孝子は卒業後どうするか考えた。就職か進学かである。就職するなら、教師の免許も取得するので、母親のように沖縄に帰り教師になる。そのまま教師を続けてもいいし、琉舞は続け、頃合いを見て、琉舞の教師になってもいい。

進学するとなると、大学院で英文学を続けることになる。母校で学ぶか、それとも別の大学で学ぶかである。

いろいろ思考した結果は進学で、アメリカ留学も選択の一つになった。それで、アメリカの大学の案内書をあちこちから取り寄せ、検討したら、ワシントンＤＣにあるカソリック系の大学が本命になった。それで、そこへ願書を出し、受け入れてくれるか打診した。

すると、入学を受理するという手紙を貰ったので、両親の許可を得て、渡米することになった。アメリカの大学は九月から新学年がスタートするので、日本の大学が終わってから、しばらくは沖縄へ帰った。

渡米が近くなり、三人の仲間は盛秀の運転で万座毛に行った。夕日、歌碑に向かい、孝子の留学の報告をし、目的達成の祈願をした。その後で、帰りしな、海がよく見えるレストランに入り、食事をしながら、長い間話をした。

出発が迫った二日前、孝子は盛秀から電話を貰った。昼は仕事なので、夜、大山近くの伊佐浜で会いたいという。

孝子もそれを了承し、レストランで食事をし、近くの喫茶店に入った。レストランでもそうだが、喫茶店でも二人の会話は弾まなかった。これまで、二人は二人きりで会ったことはない。会う時はいつも貞子を入れて三人一緒だった。

デートを申し込んだのは盛秀なので、話のリードはしっかりすべきなのに、それがからきしできていなかった。話は途切れ途切れになり、考え込んだり、これではいけないと口から出た言葉が途方もないことだったりした。

これではいけないと盛秀は意を決して、自分の孝子に対する思いの丈を告白した。

「僕はずっと君のことが好きだった。僕はいろんなことに打ち込み一生懸命になったが、その根底には、君に対する思いがあったからだ。君がアメリカに行くので、たまらなくなり、僕の君に対する気持ちを伝えたかった」

真面目な盛秀なので、真摯な人柄から滲《にじ》み出た言葉には、自分の真情を切々と伝える重みがあった。それは孝子の胸にしっかり伝わった。とても嬉しかった。自分も盛秀に好意以上のものを感じていた。物心ついて、そして、思春期に入り、男性を意識するようになってから、俳優や歌手などのスターへの憧れも出てきたが、現実に自分の周りにいる素敵な男性は盛秀だった。

東京に勉強に行って、大学生にかっこいい男性はたくさんいた。そういう男性からデートの申し込みがあると、全て断った。それは孝子の中に、盛秀の面影がしっかりあったからである。その一方で、貞子の存在が孝子の胸の中にずっしりとあった。女性として無二の親友である。貞子は人柄ゆえに、口に出さないが、盛秀への純真な思いがしっかりとあった。そして、それはたまにではあるが、盛秀を巡《めぐ》るある局面で、真から一人の男性に思いを寄せるあまりにも純粋な女心を孝子に見せていた。

もし、自分が盛秀と結ばれたら、貞子はどうなる。一時的にものすごい悲しみを与えるが、貞子はそれを乗り越えて、強く生きていく逞《たくま》しさはある。しかし、貞子の献身的な犠牲に支えられて、自分は生きていけるか。

　貞子の盛秀に対する一途な愛を見るたびに、孝子は盛秀に対する思いの軽さを感じていた。そういうことの積み重ねがあったがゆえに、盛秀から愛の告白を受けた時、うろたえはなかった。

「盛秀さん、ありがとう。こんな私にそういう思いがあるとは知りませんでした。でも、とっても嬉しいです。私も、盛秀さんは、とても素敵な男性と思っています。しかし、私は異性間のことに関して、冷感症なのか、今はどなたの愛も受け入れられないのです。未熟なんですね。その点、貞子ね、盛秀さんに対し、深い愛があります。盛秀さんも少々それは感じていると思うけど、受け入れてあげて。すぐにはできなくても、時間をかけて。ゆっくり、受け入れてあげて下さい。

　盛秀さんは、それができる方です。盛秀さんのすばらしい人柄だから、それができるのです」

　孝子の断りの言葉は盛秀にしたたかな打撃を与えたが、反駁《はんばく》しようという気はなかった。受け入れてくれないかもしれないという不安はあったが、盛秀は孝子が渡米する前に胸の中を、どうしても打ち明けたかった。結果は無様《ぶざま》だが、それを受け入れざるをえない。

「孝子がアメリカに行く前に、どうしても僕の思いを言っておきたかったんだ。行く前にこんな重苦しいことを言って、ごめんね。アメリカではしっかり頑張って。何か困ったことがあったら、僕や貞子に知らせて。僕達にできることは、しっかりしてあげるから」

盛秀の車で、孝子は家路に向かった。別れしな、孝子は盛秀に握手を求め、盛秀の手を握りながら、

「時間をかけ、ゆっくりと貞子の真心に応《こた》えてあげて。私、盛秀さんがすばらしい人であることはよく知っている。だから頼むのよ」

と言った。盛秀は、

「分かった」

と言い、二人は手を握ったまま、お互いの目を見つめ、無言でこれまでの友情の深さを相手の胸に訴えた。

渡米

孝子は、成田からワシントンＤＣ行きの飛行機に乗った。昼食を食べ、しばらくすると機内は薄暗くなった。睡眠をとろうとする乗客は、目を閉じ、眠ろうとする。日本とアメリカの間には時差があり、アメリカに着いてから時差ボケにならないためには、機内で眠っていた方が得策である。

それは耳にしていたので、目を閉じ眠ろうとするが、頭が冴《さ》えて寝付かれない。それで、バッグから携帯用カセットプレーヤーを取り出し、イヤホーンを耳に当てた。琉歌が流れてきた。「諸屯《しゅどぅん》」である。

師匠の上原からは、師匠自らが「諸屯」の踊りを踊り、それを録画したVHS方式のビデオテープをプレゼントに貰っていたが、音声だけのカセットテープは自分で購入し、出発前に携帯用プレーヤーに入れてあった。

「諸屯」は琉舞の中でとても長い踊りで、難しい踊りである。コンテストで課題の踊りにはならないので、師匠からは大まかに習っただけである。師匠はそのテープをアメリカに旅立つ孝子にプレゼントとして手渡す時、

「アメリカではいろんなことがあると思うが、気持ちが落ち込んだ時など、ふとこれを思い出して、踊ってみてね」

と言った。

「諸屯」は十三分半の極めて長い曲で、しかもテンポが遅いので、これを聞いているると眠れると思い、テープを聞き始めた。初めは曲を聞きながら、踊りも目に浮かべていたが、次第に睡魔が来て、眠りの中に入っていった。

成田からワシントンDCまでの飛行時間は十三時間くらいである。孝子は飛行機の中でぐっすり眠ったので、あっという間にダレス国際空港に着いた。ホワイトハウスの近くのホテルを

予約してあり、空港からタクシーでそこへ向かった。

到着した日は八月十五日で、八月二十五日は大学のオリエンテーション、そして次の日から受講する授業の登録が始まり、大学院の授業は、労働祭の次の日から始まる。つまり、九月の第一月曜日は労働祭で休日、その次の日から授業はスタートする。

大学はジョージタウンという伝統を帯びたポトマック川沿いの町にあり、孝子は学校に歩いていける所にアパートを借りた。履修する授業の登録を終えたので、孝子は日本大使館へ行った。そこへは、孝子のアパートから歩いていける。居住者登録をしにである。

今年の夏は過ぎようとしているが、来年の夏休みに大使館でアルバイトはできるか、居住者登録をやってくれたビザ課の女の人に聞いた。人事関係は二階にある会計班でやっているからと、行き方を教えて貰った。

会計班で孝子に対応した女性は、夏休みにアルバイトはないことはないが、大使館での就職も可能であると言った。大使館は、A-1《エーワン》ビザという外交・公用ビザを発行してくれるので、学生でも就職ができるという。

今は空きはないが、もし履歴書を今日書いて貰えば、空席ができると知らせてくれるという。ワシントンDC近辺にある大学の大学院の授業は大抵夜間にあり、大使館にも働きながら大学院に通っている学生はかなりいるという。

確かに、孝子が登録した自分の授業は全て夜間にあり、大使館の女性の言う通りである。親切な助言と感じ、孝子はその場で履歴書を書き、その女性に手渡した。希望する部署は、文化関係を扱う情文班にした。

学校が始まった。授業は全て英語であるが、孝子はしっかりついていけた。クラスは十五人から二十人で、アメリカ人が多く、三分の一は外国人であった。孝子もその中の一人であるが、外国人としては英語は上手であった。

授業は教授がプレゼンテーションをし、その後は生徒が討論や話し合いをする。孝子は進んで発言をする方ではなかった。みなの発言をじっと聞き、対立意見があると、どっちが良いか思考を巡らせた。

そういう孝子に、級友はよく発言を求めた。対立意見があると、そのどちらかを支持し、理由をしっかり述べた。筋の通った意見なので、反対の側もなるほどと頷《うなず》くことがよくあった。

大学院の授業は夕方から夜にかけてなので、孝子は朝から昼にかけて、図書館で勉強をした。講義で教授が指示した本などを借りて読んだ。

ランチは、カフェテリアで食べた。授業での友達、図書館で親しくなった友達と一緒に食べた。二、三人の時もあるが、大勢が大きなテーブルで輪になって座り、食べながら話し合うこともあった。

土曜日、日曜日は休みで、家の掃除、洗濯をした。女友達と買い物や食事を共にした。孝子はもてる方なので、よく独身の男性からデートの申し込みがあったが、断った。

孝子が土、日の休みの日で心掛けたのは、二、三時間琉舞を練習するということだった。行く行くは沖縄に帰り、母みたいに英語の教師になるか、琉舞の教室を開き、生徒に教えるということだった。そのためには、週に一度の練習は必ずしようと心に決めていた。

持ってきた音声だけのテープを流し踊ったり、ビデオの映像を見て、他の人の踊りを見て参考にしたり、踊り方の良し悪しを考えたりした。

踊りの締め括《くく》りは「諸屯」である。師匠の踊りを見て、次に自分で踊った。「諸屯」は恋する女性の心の内面を切々と踊る舞踊である。孝子はそれほどまで男性に思いを寄せたことがないので、これまで、心を込めて踊ることはなかった。

ただ手足を動かしているだけだなと思い、歯痒《はがゆ》く感じることもあったが、いつかは実感して踊ることもあろうと、淡い期待を持つこともあった。

孝子は自分の将来のためにと、琉舞を週に一度は練習するように心掛けていたが、その他のわけもあった。それは、異文化からの解放である。孝子は英語ができ、学校での勉強や日々の生活で不自由は感じなかったが、異文化の中で生きていると、妙な圧迫感があった。

日本では、周りに日本人がいて、日本食を食べる。スーパーでの食べ物の買い物、電車の乗り降り、全ての行動の土台には、日本語があった。アメリカに来て、日本語から英語に変わると、違う土台で生活をする。そして、自分は空気を吸っているという違和感を持つ。

人間は大切な空気を吸っているが、自分は今、空気を吸っているという意識はない。日本では、空気を吸っているという意識は全然なかった。それが、アメリカで英語を土台にした異文化の中では、自分は空気を吸っているという意識にかられるのである。四六時中その意識はないが、無意識の中で感じているのである。日本では、無意識の中でもそれはなかった。アメリカに来てから、孝子が感じている妙な圧迫感を吹っ飛ばす体験があった。アメリカで琉舞を始めた日のことである。

自分のアパートの一室で、琉舞の歌を耳にし、踊りを目にし、自分自身、琉舞の歌に合わせて踊ってみると、日々受けている異文化の息苦しさからの解放があった。

それは、踊り終わってからあったのではなく、沖縄の三線《さんしん》の音、それに合わせて歌い出す一音節を聞いただけで、孝子の胸は、重苦しい異文化から解放され、懐かしい郷里の空間を浮遊していたのである。

「これだ」という手応えがあった。日々の生活、大学の勉強を力いっぱい頑張り、週に一度は沖縄の調べ、そして、琉舞を練習しようと思った。

孝子は学生時代、高校までを送った沖縄でも、東京へ出てからの大学でも、性格は明るく、皆と気安く接するので、友達は沢山できた。この気さくな性格はアメリカでも続き、友達は大勢できた。しかし、幅広く付き合いはあったが、親密になった友は少なかった。

その中で、一番親しくなったのはフランス人の女の子ミシェールだった。ミシェールも孝子と同じように、アメリカ文学の修士課程の勉強をしていた。

孝子は日本の大学でフランス語を第二外国語として履修していて、アメリカに来ても、週に一度は語学の音響設備のあるラボで、フランス語の勉強をしていた。

その必要があった。というのは、大学院の卒業試験の一つに、第二外国語があり、孝子はそれをフランス語にした。日本語にしてもよかったが、日本でもフランス語は勉強しており、アメリカでもそれを伸ばそうと思っていた。それで、フランス語を履修してもいいが、ラボに通うくらいでもやっていけるか様子待ちという所だった。

そういう孝子の事情を知ってからは、ミシェールは孝子との会話を英語ではなく、フランス語でするようになった。ミシェールも時にはフランス語を思いきりしゃべりたいようで、喜んで孝子とフランス語で話した。

孝子はミシェールと友達になってから、ミシェールが読み終えたフランス語で書かれた小説を借りて読み、読み終わったら彼女と感想をフランス語で話し合った。

ミシェールとは無二の親友になった。そうなると、ミシェールがやっていることを、自分もやってみたくなる。ミシェールの夢は、フランスに帰り、英語教師か図書館員になることであった。ミシェールはフランスでは大学で図書館員になる勉強もして、その資格も取っている。さらに、アメリカでもその資格を取ろうと、図書館員のコースも履修している。

孝子も、日本の大学で図書館員のクラスを受講し、その資格を取っている。加えて、何か一つアメリカでも資格を持っていた方がいいと思い、ミシェールにならって図書館員のコースも取った。

孝子の大学院での最終目的は、アメリカ文学の修士号を取ることである。そのためには、必要な科目の単位を取得しなければならないし、筆記の卒業試験に合格しなければならない。その後、論文を主任教授に提出し、合否の判定を受ける。孝子の専攻はアメリカ文学なので、アメリカ人の小説家の一人を選び、その人の人物論か小説について言及しなければならない。

孝子は図書館で、目下受講しているコースに関連した本も熱心に読んだが、卒業論文の作家は誰にしようか、いろんな作家の本を貪《むさぼ》り読んだ。

孝子がこれだと思った作家があった。マサチューセッツ出身のヘンリー・デーヴィッド・ソローである。そして、彼の小説『森の生活』である。

この小説をどういう視点で見つめ、言及していくか。そのために、この小説をじっくり読み、その日読み終えた部分の感想をノートに書いた。そして、何遍もこの小説を読んだ。

日本大使館に履歴書を提出してから、何の音沙汰もなく一年以上も過ぎた。ようやくクリスマス前に日本大使館から手紙が来て、来年の二月から情文班の仕事に空きがあるので、勤めるかどうかと打診してきた。

来年の五月には修士課程を終え、卒業する。その後は、日本に帰るか、あるいはしばらくアメリカで就職するかである。アメリカで就職するには就労ビザが必要だが、それはなかなか手に入らない。その点、A-1《エーワン》ビザを発行してもらえる日本大使館の仕事は、願ってもないことである。

アメリカでしばらく働いてみたいと孝子は思い、大使館に勤めることにした。大使館は日本の官庁で、十二月二十八日から正月休暇に入るので、その前に孝子は大使館に電話をし、就職したいと伝えた。

二月から大使館勤めが始まるとなると、今まで昼間は自由であったが、それがなくなる。そう思った孝子は、一月中に卒業論文を書き上げようと思った。ソローの『森の生活』についてとり上げることにしてあり、どう取り組むかについても大まかな案はあった。論文のタイトルは「『森の生活』と『徒然草』」にした。似ている点と違う点を言及していくのである。

年が明けて、早速主任教授に会い、取り組もうとする内容を説明すると、教授は『徒然草』のことはよく知らないが良いテーマだ、と後押しをしてくれた。

二つの似ている点は、『森の生活』では、そこでの生活から見えてきたものへの言及であり、『徒然草』でも、吉田兼好の出家、隠棲《いんせい》から見えてきたものの記述である。

『森の生活』でソローは、人間の生き方に夢を持つ、人間は努力から知恵と清浄が生まれ、思いもよらない成果を生む、と言う。

また、『徒然草』で兼好は、名人の戒《いまし》めを説く。「高名の木のぼり」（第百九段）では、低い所でも用心を怠《おこた》るなと説く。「ある人、弓射ることを習ふに」（第九十二段）では、師が二つの矢を持って的に向かってはいけないと説く。これは名人礼讃であるが、行動をするのに、のんべんだらりとするのではなく、一番良い方法を考え、努力せよということである。『森の生活』と『徒然草』の違いは、前者は人がどう生きるかについての探求を真剣に模索するが、こうすることによる人間肯定論である。後者は仏教的無常観を中心にしているので、真剣に生きる生き方を認めながらも、空しいとする。

例えば、ギリシャのパルテノン神殿について、ソローは、現代建築への賛美よりも、ボロボロになっても骨組みがしっかりしている神殿のすばらしさを説くであろう。

それに対し、兼好は、「あだし野の露消ゆる時なく」（第七段）とか、「人の亡きあとばかり」（第三十段）とかで分かるように、長期的展望では、全てのものはいずれはなくなっていくと、冷ややかに言うと思われる。

孝子は予定通り、一月中に論文を仕上げ、主任教授に提出した。評価はAであった。今後も二者の比較の研究を続けていくように、というコメントがあった。

二月から孝子の大使館での仕事が始まった。情文班の仕事である。それは、日本、アメリカの情報、文化に関する仕事で、スタッフは、公使、一等書記官という上級職、いわゆる外交官の下に、ローカル職員が十人いた。

ローカル職員十人のうち、二人はアメリカ人の男性で、日本語が流暢《りゅうちょう》である。他は女性のローカル職員で、アメリカ人と結婚していた。

ローカル職員の主な仕事の一つは、アメリカ全土から寄せられる日本に関する質問への受け答えである。質問は多岐にわたるので、それが難しい時、みんなで協力して対応していた。

孝子の机の近くには、三人の日本人のローカル職員がいた。スミス由美子、ゴールドマン千鶴子とレウィス百合子である。みんな孝子より年上で、三十代と四十代の女性であった。

孝子の上司は、平田陽介書記官である。仕事始めの孝子に対して、平田書記官は、孝子の一番近くに座っているスミス由美子に、いろいろ孝子に教えてあげてほしいと頼んだ。

スミスは三十代後半の女性で、子供も二人いた。大使館に十年以上勤めていて、仕事は熟知していた。それで、いろんなことを分かりやすく丁寧に教えてくれた。

お昼休みになり、スミスの声掛けで、近くにいるゴールドマン、レウィスと一緒にスミスの車に乗り、孝子は日本食のレストランに行った。

大使館のランチタイムは十二時半から二時までで、他の職場より二倍長い。それは、大使館が市街地から遠い所にあるから、車の所要時間が長いことと、外交官が要人と昼食をとる時、昼食時間が長い方が何かにつけ得策であるからである。

注文した料理を待ちながら、会話は進んでいった。

ゴールドマンが、孝子に、

「あなた、スポーツは」

と聞いた。

「これといって、やっていません」

と答えると、ゴールドマンが、

「そうお。琉球舞踊をやっているそうね。ワシントンには、沖縄の県人会があるの。あなた知ってる」

と孝子に聞いた。

「あるのは聞いていますが、行っていません」

と孝子は答えた。すると、ゴールドマンが、

「何年か前に、沖縄から琉舞をやっている方がこちらに来て、ワシントン・ホールで公演をやり、その時、情文班が世話をしたの。それで、県人会の何人かの方と知り合いになったの。今日、あることで、その中の一人と話すことがあって、あなたのことを聞いたわ。そうしたら、その人が、『若くて、すごい人です。沖縄には新聞社主催の琉舞のコンテストがあって、高一の時、最優秀賞を取ったんです。ワシントンの県人会の人の中には琉舞をやっている人が何人かいますが、新人賞止まりです。勉強もよくできる方で、こちらに来て修士号の勉強をやっているそうです。すごい人が大使館に勤めるんですね』と言っていたわ」

と言った。このことは、すでにゴールドマンがスミスとレウィスに話しているようで、二人は笑顔で聞いて、すでに知っている様子であった。

「たまたま、まぐれで賞を貰っただけで、実力が評価されたわけではありません。まだまだ未熟です。将来は沖縄に帰り、英語の教師か、琉舞を教えようかと思って、週に一度はビデオを見て、練習をしています」

と、孝子は風評に釘を刺した。

これまで黙っていたレウィスは、周りに日本人がいないか確かめてから、小声で話し出した。

「勤めていくうちに段々分かってくるけど、大使館は階級社会なの。本省からの人と、ローカル、この区別がまずあるわね。本省の人にも上級の外交官と中級の外交官、その下には平の事務官がいるわ。上級の人でも、外務省からの外交官と、他省から出向してきた上級の人とは、何らかの違いがあるの。その点、うちの岡田公使は立派ね。とにかく、人格者。平田書記官もそう悪くない。そういう点で、情文班はローカル職員にとっては、とても良い職場よ。上司が良いから、情文班の人は、みんな明るく、楽しくやっているわ」

孝子はじっと聞いて、口を挟まなかった。そういう孝子に、ゴールドマンが、

「大使館には、たくさん独身の男性がいるわ。ローカルにも、本官にも。本官とは本省から来た人ということなの。あなた独身でとても奇麗だから、デートの誘いはこれからいっぱいあると思うわ。ところで、あなた好きな人がいるの」

と聞いた。孝子は、

「はい、沖縄にいます。それで大学でも、デートの誘いはお断りしました」

と言った。盛秀には青春時代、仄《ほの》かな思いを持ち続けたが、盛秀からの愛の告白には、親友貞子のためを思って身を引いた。それで、盛秀への思いは日々薄れていっているが、アメリカに来てデートの申し込みには、あたかも意中の人がいるみたいに断り続けてきた。アメリカに来て、これまでずっとその態度を押し通し勉強を続けてきたが、大使館でもそうしたいと思った。

孝子の返答に、三人の同僚は納得の顔で頷いた。自分達は既婚者で子供もいるのに、孝子は独身となると、別の存在という気があった。しかし、意中の人がいてデートは断るというきっぱりした孝子の姿勢に賛同して、こちら寄りだという安心感を持った。

食事が終わり、席を離れる前に、孝子は三人に深々と頭を下げ、

「良いお話を沢山伺って、とっても楽しかったです。これからどうかよろしくお願いします」

と言った。孝子の低姿勢に三人は戸惑い、

「こちらこそ」

と、次々に連発したが、孝子の人となりに感心し、孝子は同僚の心の中に温かく迎えられていた。

孝子は、毎日の情文班の仕事の他に、火曜日には大使の記者会見の仕事の手伝いをするように上司の平田書記官から言われた。どういうことをやればいいかについては、大使秘書の山田書記官から指示を貰うように言われた。

それで、孝子は大使の秘書室へ行き、山田書記官に会った。彼は孝子の初対面の挨拶に対し、そっけなく挨拶を交わし、笑顔は見せなかった。しかし、孝子のやるべきことを手短かに要領よく話してくれた。

山田書記官はにこやかな態度を孝子に見せなかったが、仕事の伝達はしっかりしてくれた。山田書記官の冷ややかな態度に、孝子は大使館として大切な大使の記者会見を、お互いしっかりやろうという強い呼び掛けを感じた。

ワシントンには日本からいろいろな報道機関が来ている。新聞、テレビ等の各社である。大使館の記者会見は、日本とアメリカあるいは他の外国との間で、重要な問題があるないに拘《かかわ》らず定期的に行われた。

記者会見に毎週来る報道機関の記者の顔触れは決まっていたが、日本と他国間に重要な案件が持ち上がっている時は、各報道機関の支局長らも加わり、大人数になった。

記者は大使館の入り口で、腕章を手渡される。手渡す前に、受付の山本恵子が身分を確認し、その後で渡すのだが、腕章を記者に手渡す係は孝子であった。

受付の山本が入ってきた人に「こんにちは」と声掛けをし、その人も「こんにちは」と声を返すか、頷き、入って来る。受付が素通りさせたら、腕章を孝子が手渡す。山本が顔の確認ができない時は、名刺等を求めるが、それで確認ができた時、孝子は腕章を手渡すのである。足留めを食った人に腕章を手渡しながら、孝子は「よろしくお願いします」と言い、頭を下げた。

腕章の手渡しが終わった時、受付の山本は、

「ごくろうさま。入り口では身分確認が大変なの。ワシントンに赴任して、初めて大使館に来た方は身分確認ができないから、それをしなければいけないの。プレス関係の方はプライドが高いから、足留めを食うとむっとするでしょうが、あなたの『よろしくお願いします』は良かったわ」

と言った。

「記者会見にいらした方の顔をほとんど覚えていらっしゃるのですね。すごいです」

と、孝子は感心した。

山本は、

「私が休んだ時は、上の方があなたに、入り口で確認を頼むよ、と言うと思うから、よろしくね」

と言った。

孝子は、突然、頭から水を浴びせられたような気がした。あれだけ多くの人の顔を覚えてい

なければいけないのかと思うと、お先真っ暗になった。

しかし、山本の言葉は厭《いや》がらせではないと思った。緊急な場合の対応を今から言ってくれているると思い、それにどうすればいいか考えた。

記者会見が始まる前、みんなが着席している時、孝子は何かを確認するような仕種《しぐさ》で前に立ち、全員を見渡した。カメラで全員を写すような気持ちで、それぞれの顔を凝視し、頭に入れた。そして、何気なく、その動作をもう一度やった。

記者会見の前に孝子のやる仕事は、人々の座る椅子の準備である。ある程度の数はいつも置いてあるが、重要な案件の時は、いつもより多く椅子が必要になる。その時は、大使館の各部屋で余った椅子をかき集める必要がある。

どのくらい多めに置くかは、大使秘書が孝子に連絡した。孝子はいつも椅子集めをやっている雑用係のルイスに連絡をし、椅子の調達の依頼をした。

マイクの調節も孝子の仕事である。マイクの機械一式は、部屋の備品室に入っているが、そこから機械を取り出し、マイクの調子を調べる。不具合があると、営繕班に電話を入れ、直して貰う。

記者会見が終わると、孝子は出口の所に立って、出席した人々から腕章を受け取る。人々は並んで手渡すので、急いでいる人に対しては、

「急いでいらっしゃる方は、受付の所でお返し下さい」

と促《うなが》す。大使秘書の山田は手持ちぶさたで立っていても、自分の向かい側に立って腕章を受け取ってほしいと頼めない。上級の外交官には腕章取りの手伝いは考えてもいないことなので、自分だけでは手薄だからといって、プライドを傷付けてはいけないからだ。

椅子の片付けは、雑用係に任せてもいいが、孝子も手伝った。記者が大勢来た時は、各部屋から集めた椅子が多いので、元に戻すのは大変である。孝子も手伝った。ルイスは、

「いいよ、いいよ、僕がやるから」

と言いながら、嬉しそうであった。大使館の雑用係や運転手は、中南米から来た者が多い。ルイスは、孝子が椅子運びを手伝ってくれたことを多くの同僚に話した。すると、これまで廊下で会っても挨拶を交わしたことがなかった彼らが、にこにこ挨拶をしてくれるようになった。


記者会見が四、五回あってから、受付の山本が病気で休んだ。大使秘書の山田から、記者の身分確認は孝子がやってほしいと要望があった。人事を担う会計班は、受付として平尾光子を送って来た。平尾は身分確認はできないので、孝子がそれをやり、いつも孝子が担当している腕章渡しを平尾がやった。

孝子はほとんどの記者の顔は覚えていて、立ち止まらせて身分確認をしたのは二人であった。その二人は、最近ワシントンに赴任して来た新聞記者であった。

記者がほとんど会議室に向かったので、平尾が、

「あなた、受付でないのに、よく記者の顔を知っているわね」

と言った。

「何週間も記者の顔を見てきましたから、覚えました」

と、たいしたことではないと言った。

病気が回復し、受付の仕事に戻った山本は、孝子が身分確認をしっかりこなしたことを耳にした。孝子が用事で受付に行った時、

「身分確認を上手にやったと評判よ。さすがだわ」

と山本に誉められた。

「山本さんが、『私が休んだ時はあなたよ』とおっしゃって下さったおかげです」

と山本を立てた。

受付の山本は、頭が良いと評判だった。それは、記憶力がとても良いということから来ていた。大使の記者会見で、記者の顔と名前をみんな覚えているのもその一つだが、大使館の内線の番号もみんな覚えていた。

外部から来訪者が受付に来て、誰それに会いたいと告げたら、受付の山本は担当者もしくは秘書に内線電話をする。その時、山本は内線の番号表を見ないで電話をかける。大使館の内線番号は全部で百以上あるが、山本はそれをみんな諳《そら》んじているのである。

山本は記憶に自信があり、『私が休んだ時は、あなたがするのよ』と言った時、孝子のため

に言ったのではなく、新米の孝子を少し怖がらせてみようという気があった。自分のようにはいくまいという驕《おご》りがあった。

病気が治り、大使館に来てみると、孝子がうまく記者の身分確認をしたというのを聞いた。ショックではあったが、それを上手にやった孝子を誉める心の広さを山本は持っていた。

そして、山本は、「うまくいったのは『私が休んだ時はあなたよ』とおっしゃって下さったおかげです」と言った孝子の返答も気に入った。

そういうわけで、山本と孝子は反目するどころか、肝胆《かんたん》相照らす仲になった。


記者会見では、記者からの質疑応答の前に、大使が短いスピーチをする。演台の向かって右に椅子が置いてある。演台のすぐ側《そば》には司会をする情文班の岡田公使、次は大使、隣りは大使のスピーチの内容に関係する部署の公使や参事官、一番端に大使秘書の山田が座る。

大使が記者から質問を受け、それに答えていくが、話を中断して考え込むことがある。人名や数字がすぐ頭に浮かばない時である。そういった際は、大使秘書が助け舟を出した。話が途切れないようにするためである。それで、話はスムースに流れていった。

大使秘書の山田がいつも見せる冷ややかな態度に、孝子は近寄り難いものを感じていたが、大切な時に鋭く回転する頭の良さには舌を巻いていた。

祭典

三月の終わりから四月の上旬にかけて、ワシントンはさくら祭りのムードに包まれる。一九一二年三月二十七日に東京市長の尾崎行雄からワシントンDCに約三千本の桜が贈られたことを記念して、毎年行われるようになった行事である。日本から観光客が沢山来るし、アメリカ全土からも人々が押し寄せ、その数は百五十万人ともいわれる。

さくら祭りには、多くの行事がある。さくらの女王の選出、パレード、ダンスパーティー、催し物の中での合唱や踊り等である。

それらの行事全てを日本大使館が行っているように見えるが、実際にはそれぞれ支援団体がいて、各行事を司っている。

それでも大使館は、それぞれの行事に何らかのかたちで関わっている。さくらの女王の選出であるが、各州から州のさくらの女王がワシントンに集う。美人コンテストのように、美と知性を競い合って選ばれるのではない。さくらの女王は、回転式の抽選機を使って選ばれる。その女王に晴れの女王の冠を被《かぶ》せるのは日本大使館の大使である。

アメリカ人はパレードが好きで、各地にいろんなパレードがある。全米のパレードの中で一番大きいパレードは、さくら祭りのパレードである。今やそのパレードには、外国からの参加も数多くある。ワシントンは首都であり、そこのパレードへの参加は、外国の団体にとっても名誉なことなのだ。そのパレードで、さくらの女王の側《そば》に立ち、沿道の人々に手を振るのは、日本大使館の大使である。

さくら祭りのダンスパーティーは、大きなホテルの大ホールで行われる。ワシントンには各国の大使館があり、そこの大使夫妻や政財界の要人、アメリカそして日本からの観光客、いろいろな人が参加できる。そのダンスパーティーで踊りのスタートを切るのは、日本大使館の大使とさくらの女王の組である。

さくら祭りの多様な行事には支援団体があり、そこが主体になり行われるが、日本大使館が主体となって行う行事がある。それは、さくら祭りの先陣を切る、燈籠《とうろう》の火入れ式である。日本大使館員だけでなくアメリカ政府の高官も出席し、燈籠に火を入れる。それで、祭りがスタートする。

さくら祭りの時、日本大使館で一番忙しいのは情文班である。さくら祭りは全米で一番大きな祭りなので、人々の関心は高く、また参加する団体も多い。だから、大使館には問い合わせの電話が、普段の何倍も掛かる。

電話の多くは、人々がさくら祭りの行事を大使館が行っていると思い込んでいて、それに対する質問である。パレードに参加したいが可能か、もし制限があるのなら、自分達はその中に入れて貰えるかという問い合わせである。

これらに対しては、パレードの支援団体は大使館ではなく別にあり、その団体の名前と電話番号を教えるのである。

外国からの電話もある。大抵は英語で話し掛けてくるが、ある質問者はフランス語で話し続けた。「英語で話してくれ」と言っても、フランス語を続けるのである。言っている意味は分からないが、語調でフランス語と分かる。

電話を受けたのは、スミス由美子である。

「フランス語の分かる人」

と周りの同僚に聞いた。孝子が手を挙げ、その電話に応じた。フランス語でしっかり対応したので、スミスが、

「知花さん、フランス語も流暢なのね」

と感心した。

昼休みになり、孝子がスミス、ゴールドマン、レウィスの三人と連れ立って昼食に行く時、車の中で孝子のフランス語のことが話題になり、大学院でミシェールという女性と親しくなり、大学院の第二外国語をフランス語にしたから、彼女との会話はいつもフランス語にしてくれたことなどを話した。

二週間ほど続いたさくら祭りが終わり、金曜日の夜、情文班の岡田公使邸で打ち上げのパーティーがあった。同僚は、家に帰って着替えてから行くというので、孝子もそうすることにした。身内のパーティーだし、そう着飾る必要はないと思ったし、自分は大して良いパーティードレスは持ってないので、よそ行きの良い洋服に着替えて出かけた。

会場は地下のパーティールームで行われていた。まず、岡田公使にご挨拶に行くと、

「知花さん、うちの家内に会っていないでしょう。紹介します」

と言って、夫人の所に連れて行った。

「こちら知花さん。今年になって、うちの班に入られた。沖縄の方でね。琉舞がお上手だそうだ」

と孝子を夫人に引き合わせて、公使は別の所に行った。

孝子が夫人に先に挨拶をすると、

「主人から知花さんのことはよく聞いています。すばらしい女性がうちの所に来てね、と喜んでいました。フランス語も大変お上手だそうで、これも主人がうちに帰り、嬉しそうに言っていました」

と、夫人は穏やかな口調で、親しみを込めて話した。岡田公使もハンサムな外交官であるが、夫人もそれにお似合いの上品で美しい中年の貴婦人であった。

しかも、夫人は元外務大臣の令嬢だそうである。孝子はこのことを同僚から、しっかり聞か

されていた。この上もないトップの家柄の出であるのに、外交官夫人にありがちな、偉ぶって冷たい態度は微塵《みじん》もない。ローカルで初対面の孝子に、親しく接し、話してくれた。孝子は感激で胸がいっぱいであった。

別れしな、夫人は孝子に、

「うちに一人娘がいまして、今大学でフランス文学を勉強しております。私どもがワシントンにいる間に来たいと申しております。来たら会って下さいね。娘も知花さんにお会いできたら嬉しいと思います。気さくな子なので話が弾むと思います」

と言った。理想的な外交官夫妻の令嬢はどんな女性だろう。孝子は馨《かぐわ》しい姿を想像し、胸を膨らませていた。

卒業

孝子のアメリカでの学生生活は、両親の月々の仕送りで成り立っていた。アメリカに旅立った娘のことは気掛かりで、初めの頃はよく母親が電話を掛けてきた。孝子の学生生活が軌道に乗ってきたら、電話を掛けてくる回数が減ってきた。それでも、長い間沙汰がないと思っていたら、電話を掛けてくるのは母親の道枝で、そういう時はいつもより長話になった。

さくら祭りが終わってから、孝子は今まで住んでいたジョージタウンから、北に車で二十分ほどのベセスダという閑静な住宅街にある、南向きの見晴らしの良いマンションに移った。大使館の給料でやっていける目安がついたからである。引っ越しには、ミシェールがいろいろと手伝ってくれた。

五月の終わりに卒業式があり、沖縄から両親が来る。アメリカは初めてで、それも楽しみにしていた。孝子は大使館に勤めてもおり、学生が住むアパートではなく、見映えの良いマンションで両親を迎えたいと思った。

孝子の卒業式に間に合わせ、両親ははるばる海を渡り、アメリカに来た。孝子はワシントンのダレス国際空港で両親を迎えた。久しぶりの再会に、親子とも感涙に噎《むせ》んだ。

角帽を被り、黒のガウンを身にまとった娘の姿に、両親は嬉し涙を流した。そういう両親を見て、孝子もこれまで自分を育ててくれた両親の愛を胸いっぱいに感じた。溢れ出す涙を堪《こら》えることができなかった。

金曜日が卒業式で、次の土、日は大使館が休みだった。孝子は両親をワシントンDC見物に連れていった。市内の見物は土曜日にし、次の日は、ワシントンDCから南の郊外にある、初代大統領ジョージ・ワシントンが住んでいた家があるマウントバーノンに連れていった。

その家の裏には広大な芝生があり、すぐ下にはポトマック川が悠々と流れている。その壮観に父正雄が「はるか昔、ワシントンが下を流れるポトマック川を見ながら、この国の構想を考えたんだろうね」と言い、側《そば》で母道枝も頷《うなず》き、過ぎた昔へ思いを馳せていた。

あと二日、孝子のマンションに泊まり、次の朝、両親はダレス国際空港から帰国の途についた。両親の目に涙はあったが嬉し涙であり、見送る孝子も嬉しい気持ちで手を振った。

二日ほど経って、孝子は母親から電話を貰った。無事着いたという知らせである。電話の向こうで、ワシントンの旅行はとっても楽しかったと言っていた。孝子は渡米してまだ沖縄に帰っていないから、今度は孝子が帰島するように勧めていた。

空港では、両親を嬉しい気持ちで見送ったが、二人が去ってからは、何かしら妙な寂しさが残った。母親から無事着いたという電話を貰い、孝子はよかったと思ったが、寂しさは払拭されなかった。

土、日の休みが来て、部屋の片付けをした。部屋がすっきりしたら気持ちは晴れると思ったが、広々とした空間には、かえって寂しさが漂った。

諦めて、キッチンの椅子に座り、紅茶を飲んだ。飲みながら、空間に漂う両親の面影を切々と偲《しの》んだ。

その面影がしっかり頭に残ったまま、孝子は琉舞の支度をした。気に入った舞いをいくつか踊り、次に「諸屯《しゅどうん》」を踊った。

「諸屯」は、琉舞の最高峰の踊りであろうし、師匠も自らの踊りをテープに収め、孝子のアメリカへの旅立ちに餞別《せんべつ》としてくれた。しかし、踊っていて気持ちの入らない時は、これではいけないと身を引き締め、もう一度心を込めて踊るように努めた。

二度舞いに向かう時、孝子の心を奮い立たせるものは、平安末に活躍した式子内親王《しょくしないしんのう》の和歌、

玉の緒よ　たえなばたえね　ながらへば
　　忍ぶることの　弱りもぞする

である。忍んで忍んで、この恋を守ろうとするが、それができなければ、命を絶ってもいいとするほどの思いである。

孝子は、それほどまでにある人を思った式子内親王を偲んで、「諸屯」を踊った。しかし、これは苦しまぎれに和歌に頼り踊ったもので、孝子の心に自然に湧き出たものではなかった。

両親が沖縄に帰ってからは、孝子の心に大切に思う人が去った後の侘しい思いが湧き起こった。その思いで「諸屯」を踊ったのである。踊り終わって気持ちが良かった。これまで体感したことのないものだった。心を込めて踊ったので疲れはあった。しかし、「これだ」という手応えがあったので、もう一度両親を偲んで「諸屯」を踊った。二度の踊りで体はへとへとになったが、今まで経験したことのない心地よい疲れだった。

出会

五月から七月にかけては、官吏の異動のシーズンである。大使秘書の山田が帰国し、後任の松田薫が赴任してきた。東大出で、能クラブの部長をしていたという。大使の宮島陽一も東大

出で能クラブ出身なので、同じコースを歩んでいた。偶然そうなったのかも知らないが、大使が人事課に手回しをしたのではないかという噂もあった。

孝子はランチで同僚から後任の大使秘書の松田薫のことを聞き、どんな人だろうと思った。火曜日は記者会見の日で、十時頃大使秘書から、椅子を多めに置いてくれ等の指示があるが、それがない。孝子は十時少し過ぎて会議室へ行った。すると、後任の大使秘書と思われる見慣れない若者の姿があった。

「松田書記官でいらっしゃいますか」

「はい」

「私は情文班の知花孝子と申します。記者会見の日はお手伝いをさせていただいております。よろしくお願い致します」

「こちらこそ、よろしくお願い致します。何分不案内なので、いろいろ教えて下さい」

松田の言葉の響きと態度には、儀礼的な感じはなく、いろいろ教えてほしいと心から請《こ》う謙虚さがあった。前任の山田のようなエリート外交官の隙のない姿勢はなかった。

「山田書記官から、記者会見の準備について聞いていらっしゃいませんか」

「聞いていません」

全てに落度のない山田なので、後任の松田に何も伝えていないのはおかしいと思ったが、そんな詮索より自分の知っている記者会見前の諸準備を手短かに話した。

「今、日米間で重要な案件が起きていますね」

と、孝子が言った。

「そうですね」

松田の同意を聞き、

「この会議室に椅子は常時五十席置いてあります。日米間で重要な案件がありますと、二十か三十席多めに置きます。今日はどうしますか。二十にしますか。三十にしますか」

と孝子は聞いた。

「知花さんにお任せします」

「では、二十席多めにします」

と孝子は言い、雑用係のルイスに電話を掛けて、その手配をした。

「いつもは記者会見で、各支局から係の記者が来ますが、重要な案件にはチーフの支局長さんがお見えになることが多いです」

「今日は多めに記者が来るというのは、向こうから私の方に連絡があるのでしょうか」

「おそらく皆さん、それはしていないと思います。前任の山田書記官は自分で予想し、私に手配していました。いつもは十時頃、私に手配をなさいました。何か準備をすることがありましたら、その時、なんなりとお申しつけ下さい」

「今日はいろいろ教えていただいてありがとうございました。これからも私がやるべきことを教えて下さい」

と、松田はすごく低姿勢であった。

初めだからそうで、慣れたら豹変するかもしれないが、前任の山田とは大違いなので、孝子はびっくりした。自分を飾らない松田の態度に、孝子は良い人が来たなと思い、これからは大切な大使の記者会見を、この人の下でやるんだという気持ちで、胸は明るく膨らんでいた。

記者会見が始まるのは十一時で、いつもより多く記者が詰め掛けた。演台の側の椅子に司会の岡田公使、宮島大使、経済班の大下公使、末席に松田書記官が座った。

岡田公使の初めの挨拶の後、宮島大使がスピーチをした。その後で、記者からの質疑応答に入った。大使の応答の時、大使が話を中断し、考え込むことがあった。人名や数字がすぐ頭に浮かばなかったのである。

そういう時、大使秘書が助け舟を出すことが多い。松田の前任者の山田は、大使の話が途切れないように、すぐ助け舟を出した。話はスムースに流れていった。さすが東大出の外交官という切れ方で、孝子はいつも感心して見ていた。

ところが、後任の松田は、すぐには助け舟を出さなかった。大使に考えさせた。できるだけ助け舟なしに大使のスピーチが進んでほしいという思いからなのだろう。少し考えて、どうしても思い出せない時、大使は松田に目を向けた。松田はすぐさま、必要な数字や人名を口に出し、大使はスピーチを続けた。

松田はギリギリにしか助け舟を出さなかったが、見ていて、大使のスピーチが遅いという感じはしなかった。そして、松田のスローの助け舟の出し方に対し、大使は何も困った様子ではなかった。

孝子は、松田ののんびりした助け舟の出し方に違和感はなかった。山田の切れ味の鋭さに感心はしていたが、松田のおっとりした遅いやり方にも温かい良いものを感じた。心情的には、松田の遅いやり方に共鳴していた。

記者会見が終わり、記者は退場し始めた。孝子は、すぐさま部屋の入り口の所に立ち、退場者の腕章を受け取り始めた。

居残って大使と雑談を交わしている記者連中に混ざって立っていた松田は、退場者が並んで孝子に腕章を返しているのを見て、入り口の所に急ぎ足で行った。そして、孝子の立っている反対側に立ち、腕章を退場者から受け取っていった。

腕章取りが、いつもより早く終わった。松田が持っている腕章を受け取りながら、孝子は、

「こんなお手伝いをさせてすみません」

と言った。

「とんでもない。毎週させて下さい」

と言う松田の声を聞きながら、孝子は腕章をきちんと整理し始めた。退場者から受け取る時、無造作に受け取ったからだ。受付に返す時、乱雑になったままでは返せない。

しばらくそれを見ていた松田は、雑用係のルイスが、別の部屋から持ってきた椅子を元の部屋に運び始めているのを見て、今度はその手伝いを始めた。

受付に腕章を返し、孝子が会議室に戻ってみると、松田はまだルイスと椅子運びをやっていた。終わりに近かったので、孝子は何もせずに、終わるのを待った。

後片付けが終わり、孝子と松田は静かになった部屋で二人きりになった。初めての記者会見で疲れたように見える松田に、孝子は、

「ごくろうさまでした」

と犒《ねぎら》いの言葉を掛けた。松田は少し恥ずかしそうに、

「おかげで、どうにか終わりました。いろいろ教えていただいて、とても助かりました。これからもよろしくお願いします」

と言った。前任者とはあまりにも違う松田の態度に、孝子は戸惑いながら、

「こちらこそ、よろしくお願いします」

と答えた。

その日の仕事が終わり、孝子は家路に向かった。サマータイムの期間中なので、退勤時なのに日はまだ高く、辺りは明るかった。ラッシュで車の量は多く、ノロノロ運転だった。

そういう時、孝子はニュースを聞きながら、ハンドルを握る。車の中でニュースは流れていたが、それは耳に入らず、意識は今日の仕事場のことに流れていた。記者会見のことであり、

今日初めて会った松田についてであった。

痩せ型の長身で、面長であり、顔に少し影があった。ハンサムではないが、初印象は悪くなかった。前任者が、いかにも外交官という颯爽《さっそう》とした人だったので、それに比べると松田は、見た目は目立たない田舎者のように見えた。

ところが、外見はともかく、人柄は光った。何かしらほのぼのとしたものが伝わってきた。大使のスピーチが途切れた時、すぐには助け舟を出さなかった。できるだけ大使に自分で思い出させ、答えが必要と目配せを大使が送った時、松田は即答した。

腕章の回収の手伝い、雑用係と一緒の椅子運び、前任者の山田が一度もやったことがないことを、松田はごく自然にやっていた。

大使館では、働いている人の間に二つの大きな壁がある。本官とローカルである。この違いを何かにつけ、ローカルの人は感じている。廊下で会い、挨拶を交わし、擦《す》れ違う時もそれを感じる。

そういう違いを、孝子は今日の松田から感じなかった。それは大使館に来て、日数が経っていないからかもしれない。慣れてきたら本官として、輝く将来を目指して突っ走る外交官としての馥郁《ふくいく》たる匂いを発するかもしれないが、今日の松田からは微塵もそれが感じられなかった。

その日の松田の帰りは遅かった。日が暮れてからであった。大使との次の日の打ち合わせに時間がかかったのだ。

アメリカの車はハンドルが日本とは左右逆の所にあるので、ハンドルを握っても何かしらぎこちなかった。帰りの道路も慣れてないので気を引き締めて運転をしなければならなかった。そうしながら、松田は今日の大使館の出来事を思い出していた。初めて会った知花孝子のことで頭はいっぱいになった。女性のことでこうなったのは初めてと言っていい。外務省に入り、省内に独身の女性はいっぱいいたが、心が奪われる女性はいなかった。

松田の目が高かったのではなく、松田は男女のことに関して奥手だった。東大時代、能、そして、フランス語の会話のクラブに入り、恋愛らしい恋愛はしていなかった。自分から女性を誘い、デートをしたことはなかった。たまに誘われてデートをしても、長続きはしなかった。自分より、能、フランス語に熱中する男に、女性は呆《あき》れて離れていった。

知花孝子に会い、松田は不思議な魅力を感じた。どんな女性か皆目分からないので、思いは膨らんでいった。独身か、既婚者か、付き合っている男性はいるのか、知りたい思いに駆られたが、知ってがっかりすることも承知していた。がっかりするようなことが分かっても、その時は、大使の記者会見等、力を合わせてしっかり仕事をしようと思った。

大使秘書の松田が赴任してから一ケ月が経った。松田は大使館の仕事に慣れていったが、孝子がひょっとしたら松田に起こるかもしれないという危惧は起こらなかった。初めに会った松田がずっと続いていた。そういう松田と記者会見で一緒に仕事をし、孝子の心は弾んでいた。

ところが、松田について、妙な噂が大使館に流れていた。そのことは、ランチをよく食べに行く同僚から孝子の耳に入ってきた。

松田の行動のテンポが余りにも遅いという。前任の山田は目から鼻に抜ける人だったので、全てがピリピリし、行動が速かった。それに比べると、松田の行動は余りにもスローだという。

特に目に付くのは、大使の出迎えと、見送りである。朝、大使は高級住宅地のネブラスカ通りにある公邸から、お抱えの運転手の運転で、大使館が集中するマサチューセッツ通りに面する日本大使館に向かう。大使が出発したという通知を公邸の警備は、大使館の警備に伝える。警備はそれを大使秘書にすぐ伝える。ラッシュ時を過ぎた十時頃の出勤なので、車の所要時間は十五分くらいである。

前任の秘書は、その知らせを聞くと、早々と秘書室から出て、大使館の前に立ち、常時そこに立っている警備と一緒に並んで立ち、大使の到着を待つ。

夏、秋の朝ならどうということもないが、冬の朝は、ワシントンは零下五度から十度くらいに下がることもある。そういう厳冬の朝でも大使秘書は、大使の到着を外に出て待ち続け、しっかりお辞儀をして、大使を大使館に迎え入れるのである。

前任者の山田はずっとそうした迎え方をしており、歴代の大使秘書もそのやり方を踏襲していた。

その歴代のやり方に比べ、松田の朝の大使の迎え方は、余りにも遅いという。警備が、大使が公邸を出たという通知をしても、秘書の松田は秘書室からすぐには出て来ない。あんまり遅い時は、警備は秘書の松田に再度電話を掛けるという。

秘書の松田は、催促の電話に慌《あわ》てることもなく、足取りも普通の歩き方で入り口まで来て、そこを出て大使を待つという。

ところが、不思議なことに、みんなをやきもきさせているが、松田のそういうやり方で、大使の出迎えに遅れたことはないという。ギリギリでセーフということはあるが、遅れてはいないという。

大使は大使館で絶対的な存在で、みんなピリピリしている。そういう所で、一番身近な秘書がのんびりし過ぎているというので、大使館の玄関で仕事をしている受付や警備は冷や冷やの毎日だという。

そこまで聞いて、孝子は下を向いてクスクス笑い出した。いかにも松田らしいと思ったからだ。これまで話をしていたのは、同僚のゴールドマンだった。孝子が笑い出したのを見て、レウィスが、孝子に、

「あなた松田さんと記者会見で仕事をしているから、同じようなことがあるの」

と聞いた。

「確かに、松田さんは前の山田さんのようにはピリピリしていません。スローではありますが、仕事はうまくいっていると思います」

と適当な返事をした。記者からの質問に対し、大使の答弁の時、途切れがあったりすると、秘書が助け舟を出すが、それがスローな出し方をしていると言うと、噂話の一つに加えられると思い、話さない方が良いと思った。自分や雑用係のルイスの手伝いをする松田の非になることは、口にしてはいけないと思った。

松田の話は、まだ続いた。ゴールドマンが、噂話の続きを話し始めた。

スローなイメージの松田が仕事をしている大使の秘書室で、不思議なことが起こっているという。大使の秘書室には、秘書の松田を筆頭に、本省から来ている女性の事務官、ローカルの女性職員が二人いて、そのうちの一人はアメリカ人で、英文への翻訳係である。

松田の下で、さぞかし他の職員は困っていると思われるが、そうではないという。秘書室の職員の言によれば、室内の雰囲気は良好で、みんな明るく元気に働いているという。

これは、大使と秘書の関係がうまくいっているからだという。大使の出迎えはスローでも、これは秘書室全体の仕事と何の関係もないという。大切なことは、松田が秘書室全員の心を掌握し、楽しく仕事をさせているし、松田自身、秘書としての仕事をしっかりこなしているという。そして、それは大使が秘書を気に入っているからで、その大本は二人が東大の能クラブ出身であることで、能を通じての結び付きは大きいという。

ゴールドマンがそこまで話すと、レウィスが、

「話はハッピーエンドになったね。それでいいんじゃない」

と言って、帰り支度を始めた。孝子も話が良い結びになって良かったと思った。自分は記者会見の時に見せる彼しか知らない。松田が自分の部署でしっかり仕事をしていると聞き、嬉しく思った。自分の地を出し、そして仕事をしっかりしている松田を頼もしいと思った。

交流

大使の執務室は個室になっており、秘書室から隔てられている。宮島大使はその日の仕事が終わり公邸に帰る前に、秘書の松田を執務室に招じ入れる。ソファーに座り、次の日の打ち合わせや、雑談をする。

「国務省の極東局長のジャック・ワイルスは、若い時に沖縄の領事館に勤務していたことがあったそうだね」

「はい、琉舞を見て好きになったそうです。駐日アメリカ大使館の勤務に何度もなっていますが、よく琉舞を見たそうです。東京での公演は時間があれば必ず見に行きますが、休暇を利用して、わざわざ沖縄まで行って、見たこともあったそうです」

「踊りも気に入ったが、沖縄も好きなんだろうな」

「きっとそうだと思います。沖縄問題は日米間の大きな問題ですから、国務省でその問題に取り組む中枢の方が、沖縄を愛していらっしゃるというのは、心強いですね」

松田の発言に、大使は何も答えなかった。しばらく目を瞑《つむ》り、考えごとをした。そして目を開き、

「国務省には、ワイルス局長以外に、何人か琉舞が好きな方がいるみたいだ。秋にパーティーをして、パーティールームに舞台を作り、琉舞を見ていただくのはどうだろう。初めにその余興をやり、その後で通常のパーティーだ。秋が深まっていく十月の終わり頃が良いだろうね」

「とても良いです。私が主体になっていろいろ手配はしますが、文化公演は情文班にも関わりのあることなので、岡田公使と平田書記官には、こういう計画があると、私が伝えていいですか」

「そうしてくれ。岡田君には会った時、僕からもよろしくと言っておくよ」

次の朝、松田は秘書室の水野に話し掛けた。水野はローカルの職員であるが、パーティーの時、案内状を作り、招待客にそれを配布する係である。松田は水野に、秋に国務省の要人とワシントンの要人を招いてパーティーをするが、余興として琉舞を披露することを話した。

松田の話を聞いて、水野は、

「情文の知花さんにお話しなさったら良いですね。琉舞がとってもお上手だそうです」

と言った。

「知りませんでした。記者会見の時、一緒に仕事をしますが、仕事をしっかりなさる方と感心はしています」

と言う松田に、水野はいろいろ語ってくれた。

「沖縄には新聞社主催の琉舞のコンテストがあって、高一の時、一番上の賞の最優秀賞を取ったそうです。これはすごいことで、ベテランでもなかなか取れなくて、最年少の受賞だったそうです」

水野の話を聞きながら、松田はとても驚いたが、内心の狼狽《ろうばい》を見せまいとした。しかし、水野の話は嬉しかったので、

「いろいろ教えていただいてありがとうございます。お役に立てたいと思います」

と礼を述べた。

女性のことに関しては消極的な松田には、水野の話は本当にありがたい話だった。人柄はやさしく控え目の知花に、記者会見の日、会うのが楽しく、それだけでいいと思っていた。知花のことを知り、それががっかりするようなことであれば、淡い夢が崩れると思った。ところが、水野の知花は琉舞の名手という話は、松田に新たな光を示してくれた。

これから自分がやろうとする大使館のパーティーでの琉舞の催し、その準備にひょっとしたら知花と一緒に仕事ができるかもしれないという希望の光である。

大使館の退館は五時であるが、その少し前に、孝子は松田から電話を受けた。次の日の昼食に誘われたのである。初めての誘いである。孝子は、昼食はローカル同士で行くが、外交官の

誘いはほとんどない。孝子の胸は高鳴った。松田の人柄には好感を持っているので、申し出を喜んで受けた。

次の日、駐車場で、二人は松田の車に乗った。エンジンを掛けながら、松田は言った。

「こちらに来て間もないので、レストランは不案内です。どこが良いか、お任せします」

「そうですね。みんながよく行く所より、行かない所が良いですね。少し行った所にフランス料理の店がありますが、そこで良いですか」

「とても良いです。行き方をおっしゃって下さい」

目当てのレストランは、大使館から近かった。マス通りを北上し、ウィスコンシン通りとの交差した所にあった。入ると、お客はみな外国人で、日本人はいなかった。

料理を注文し、それを待ちながら、松田は大使館で計画しているパーティーの余興としての琉舞の公演について話し始めた。孝子はすでに上司の岡田公使からそのことは聞いているが、それを口にしないで、松田が言うことにしっかり耳を傾けた。

「知花さんは琉舞がとってもお上手だそうで、是非踊って下さい。他の人の踊りですが、アイデアはありますか」

「ワシントンには、沖縄県人会というのがあって、そこへ行って頼んではどうでしょうか」

「とても良いです。どこにそれがあるか分かりますか」

「幹事をなさっているのは下地さんという方だそうです。ＮＩＨ、アメリカ国立衛生研究所にお勧めだそうです。お会いしたことはありませんが、ベセスダにお住まいがあるそうです。住所とか電話番号は調べられます」

「下地さんに連絡を取り、向こうのご都合の良い日を聞き、二人で下地さんのお宅に行っていただけますか」

「承知しました。下地さんに連絡をしてみます」

料理が来たので、二人は食べながら話した。松田は琉舞のことを聞き、孝子はそれについて話したが、琉舞が能の影響を受けていることに触れた時、松田は、

「私、大学で能クラブに入っていたんです」

と言った。同僚からそのことは耳にしていたが、孝子は口を挟まないで、松田が言うことを聞いた。

「大使も東大で能のクラブに入られていて、そこでの先輩でもあるんです」

孝子はそれも同僚から聞いて知っているが、松田はこちらが知らないと思って話しているから、それには触れないで、関連することを口にした。

「私、本物の能は見てないのですが、とても興味があります。いろいろ教えて下さい」

「喜んで、といっても大学の能クラブは能の初歩を少し学ぶ程度のことしかやりませんが、能がどういうものか少しはお話しできるので、お時間のある時、おっしゃって下さい」

大使館の昼食の時間はよその所よりは長いが、あっという間に帰る時間になった。車はマス

通りを大使館に向かって南下していった。松田は黙ってハンドルを握り、寡黙を続けたが、孝子もそれに合わせた。そうすることで、二人は心の中に通じ合っている大切なものを守ろうとしていた。

一週間経って、松田と孝子は松田の車で、ワシントンの沖縄県人会の幹事を務める下地の家に向かった。下地の家は、ベセスダの閑静な住宅街にあった。

二人は車を降り、玄関に向かった。前庭は広々としていた。手入れの行き届いた芝生が、夏の夕暮れの夕日を受けながら、うだるような暑さに耐えていた。家の前には花壇があり、数種の夏の花々が、夕日を受けて佇《たたず》んでいた。

出迎えた下地夫妻に挨拶をし、松田は名刺を渡した。孝子もならって、自分の名刺を渡した。

「知花さんにお会いできて、とても嬉しいです。新聞社の琉舞のコンテストで、高校一年生で最優秀賞をお取りになったこと、こちらにいらして修士号をお取りになったこと、そして、今、大使館にお勤めになっていること、知花さんのことは、県人会のみなさんによく知られていますす」

孝子が出向いたことで、話はスムースに運ばれた。孝子も一つ舞うが、県人会から五つの踊りをしてほしいと提案した。踊ってほしい演目も提示した。「かぎやで風《ふう》」、「浜千鳥《はまちどり》」、「前の浜《めーぬはま》」、「収納奉行《しゅぬぶじょー》」、「花風《はなふう》」の五つである。その演目はみんなできると思うが、後で知花さんにお知らせすると言った。

「知花さんは、何を踊られますか」

下地が孝子に聞いた。

「アメリカに来る時、師匠から貰ったテープは、師匠の踊りを収録したもので、それは『諸屯《しゅどぅん》』の踊りでした。とても長い踊りで、スローな踊りです。外国人の方が沢山ご覧になりますので、何か工夫しようと思います」

「琉舞の最高峰の踊りですね。楽しみにしています」

話の締め括《くく》りに、松田は琉舞の後はパーティーになるが、県人会の方々のパーティーへの招待の人数は、踊りを踊った方々の五名の他に十名、つまり合計で十五人にしてほしいと言い添えた。

帰りの車の中で、松田は、

「『諸屯』はどんな踊りですか」

と聞いた。孝子は、

「女の人が男の人を恋い慕《した》う踊りです。ある時は男への思いの中で冬の月を眺めます。最後の結びで、私の面影が立つのなら、袖に移した私の匂いを懐かしんでほしいとして終わっていく内容です」

と話した。

めた。その一言が松田に先入観を与えると思ったからだ。

孝子は持ってきた風呂敷を隣りの部屋へ持っていき、踊りの衣装に着替えた。孝子は黙って音声だけのテープをカセットプレーヤーに入れた。琉歌が流れ、孝子は踊り始めた。孝子が書いた歌詞と歌意を見ながら、松田は「諸屯」の踊りをじっと見つめた。長い踊りなのに、松田は途中何も言わなかった。孝子も黙って踊り続けた。

踊りが終わった。松田は大きな息を吸った。

「すごい。すばらしい踊りです」

と言った。思わぬ反応に孝子はびっくりしたが、とても嬉しかった。

「能も動きがゆっくりですが、『諸屯』もゆっくりですね。動きにも似ている所があります。摺《す》り足が同じですね。私は歌の意味が頭に入っているので、心の中にぐいぐい入ってきます。私は『諸屯』の踊りのすばらしさが感知できますが、外国の方はそうはいかないでしょうね」

「私もそう思います。それが目下の悩みです。何か良いアイデアがありますか」

「知花さんの踊る前に、五つの踊りがありますね。それには『諸屯』が抱えているような問題はないのですか」

「ないです。楽しく見ていただけると思います」

「それでしたら、一つの方法は、『諸屯』だけ歌の意味を放送するか、パンフレットに歌の意味を書いて配るかですね」

松田はそう言って、しばらく考えてから、こう切り出した。

「先日、日本の公共放送のテレビで、クラシックの曲で日本舞踊を踊っていました。違和感はありませんでした。クラシックの曲に合わせて、日本舞踊の振り付けをやったと思います。このやり方ではうまくいくでしょう。あるクラシックの曲を、ある日本舞踊で踊るとなると、そううまくはいかないでしょう」

孝子は興味を持って、熱心に聞いていた。松田はそこまで話し、その後考え込む仕種《しぐさ》をしたので、孝子は口を挟まなかった。

しばらくして、松田は話を続けた。

「友人に、能クラブで一緒だった男がいます。クラシックにも詳しいのです。東京のビデオ店で、『諸屯』のビデオもあるでしょうから、それに合うクラシックを捜して貰います。こちらに届いたら連絡しますから、またこちらにいらっしゃいませんか」

「とても興味があります。掛かった費用は私が払いますから、おっしゃって下さい」

「それはいいです。気にしないで下さい。このことにとても興味が出てきたので」

長居をし、夕方になり、孝子は暇《いとま》を告げた。帰りの車の中で、孝子はハンドルを握りながら、やる気を覚えていた。いろいろ難しいことがあると思うが、チャレンジしてみようと思った。

しばらくして、松田は孝子に友人に頼んだ物が届いたことを告げた。二人の都合の良い日曜日の午後、孝子は松田のマンションに行った。

松田が用意したコーヒーとケーキをゆっくり味わってから、二人は案件に入った。

「私は友人に、『諸屯』の踊りに合うクラシックの曲を頼んだのですが、友人は、ひょっとして能のクラシックも入り用かもしれないと言って、能の『神舞《かみまい》』のクラシックを送ってきました。曲名も書いてなくて、おそらくソナタか何かの抜粋でしょう。『神舞』は短い舞いなので、それをお見せします。その後で、クラシックの曲でそれを舞いますね」

と松田は言い、「神舞」を舞い始めた。

「神舞」は、能の演目「高砂《たかさご》」の中で、若い男神の姿をした住吉明神が颯爽と舞う舞いで、それで平和な御代《みよ》を寿《ことほ》ぐのである。

松田は、普段着のままで能を舞っているが、真剣に舞っているので、孝子はその舞いの世界に入っていった。孝子は松田の一挙手一投足に目を凝らし、着ているものは目に入らなかった。

終わってから、ほっとした表情に返った松田に、孝子は拍手をし、

「すばらしかったです」

と誉めた。

「今度はクラシックで舞ってみますね」

と松田は言い、曲をかけ、能を舞い始めた。松田の舞いは、先ほどと同じようにしっかりした舞いになっている。クラシックも、音楽としては良い調べを奏でている。二つを分けてみると、それぞれ良いのだが、くっつけてみると、うまく噛み合ってない。

舞いが終わり、松田はほっとした表情になったが、すぐさま孝子に、

「どうでした」

と聞いた。孝子は、

「舞いが、曲にうまく合っているとは思いませんでした」

と、率直な感想を述べた。

「踊っていて、曲に合ってないのは分かります。不快感を持って踊っていました。知花さんも見ていてそう思うのなら、とにかく、このクラシックは、『神舞』に合ってないということです。でも、良かったです」

松田の言うことを聞いて、「でも、良かったです」と言っていることが腑に落ちなかった。

「どうして、合ってなくていいんですか」

孝子のこのもっともな質問に、松田は少し考えてから、

「このクラシックを送ってくれた友人ですが、私を困らせるためにわざと送ったのではないと思います。そのわけは段々と分かってくると思いますが、能の舞いとクラシックの曲が合ってない最たるものを、あなたに見せたかったと思います。これからあなたにあげる三つのクラシックは、みんな『諸屯』に合っているとは限らない。でも、前もって合っていないものを見せると、それが基準になり、それと比べてどうだろうということになります。そういう思いが、友人にはあったのではないかと思うのです」

と言った。「諸屯」のことで、松田と彼の友人がいろいろ考えて協力しているのを感じ、胸が熱くなった。

孝子が納得の表情で聞いているのを見て、松田はまた話し始めた。

「『諸屯』の踊りが三つに分かれているので、クラシックも三つあります。全体の時間には、あまり差はありません。クラシックが少し短いかな。『諸屯』でも、冬の月を眺める所がありますね。真ん中の所ですね。そこには、ドビュッシーの『月の光』を入れてあります」

「うわあー。感激です。ありがとうございます。ドビュッシーの『月の光』は、私の大好きな曲なので、入っていてとても嬉しいです。今日お話ししていただいたのを参考に、少しは創作の踊りを入れるかもしれませんが、頑張ってみます」

帰りの車の中で、難題を背負っているが、松田とその友人の温かい応援を感じ、孝子はそれを自分の努力で頑張って克服しようと思った。孝子は活気に燃え、ハンドルを握っていた。

松田の舞い姿が目に浮かんだ。真面目に仕事をしている松田の姿と、能の舞いを懸命に舞っている松田の姿の間に違和感はなかった。松田には、人としての本筋にしっかりしたものが太い木の幹のように土台としてあり、仕事、能と二つの枝でも葉や花を見事に輝かせていると思った。

松田からクラシックの曲を貰って以来、孝子は仕事が終わり家に帰ると、余暇の時間をクラシックで「諸屯」をどう踊るかの研究に当てた。

孝子が松田から貰ったクラシックのＣＤは三枚あった。「諸屯」の踊りも三分から成るので、その順番にクラシックを置くと、「諸屯」の初めの出羽にドビュッシーの「ベルガマスク組曲」の前奏曲、二番目は中踊りでドビュッシー「ベルガマスク組曲」の「月の光」、終わりの入羽にフランク作曲「天使の糧（パン）」のようになる。

それぞれの踊りと曲の長さは次のようになる。初めの出羽は三分三十五秒、それに対する「ベルガマスク組曲」前奏曲は四分二十二秒、二番目の中踊りは八分三十秒、それに対する「月の光」は五分十六秒、終わりの入羽は一分十五秒で、それに対して、「天使の糧（パン）」は三分十五秒である。

孝子はそれぞれの長さの違いをどう踊るか、苦慮した。しかし、それよりもクラシックで「諸屯」を踊る場合、問題なのは長さの違いより、曲に合わせて踊れるかである。

クラシックの初めの「ベルガマスク組曲」の前奏曲は、出羽より五十秒ほど長いが、たいしたことではない。踊りを少しゆっくり踊ればよい。問題は、曲に合わせて、気持ちよく踊れているかである。孝子は「諸屯」を何遍も踊っているので、クラシックの曲で踊り通すことはできるが、曲に乗って踊っているという実感はなかった。

自分が違和感を持って踊るので、見る観客は不快感を持つに違いない。松田に相談して、踊りに合うようなクラシックを捜して貰うかであるが、まあ待てよと思った。

次の「月の光」であるが、「諸屯」の中踊りと合うかどうかである。二つの間に三分の差はあるが、心持ち早目に踊ればうまく踊れるし、大切なのは気持ちよく踊れたことである。ドビュッシーの「月の光」は、クラシックファンにはたまらない名曲であり、しかも「諸屯」の中踊りが気持ちよく踊れるので、孝子は選曲してくれた松田の友人に感謝の気持ちでいっぱいであった。

次のフランクの「天使の糧」と入羽の長さの違いも問題であった。二分の違いがあり、とてもゆっくり踊っても良い。しかし、クラシックの曲が心地良い速いテンポで流れるので、それをゆっくり踊ったら、チグハグな感じを観客に与える。それで、入羽の踊りは終わりの方でそのままのスピードでそのままの踊りをし、前の方に創作の踊りを少し入れようと思った。

入羽の前に孝子が踊る創作の踊りの意味合いであるが、「あなたへの思いは大切にしっかり心の中にしまっておいています」というものである。

創作の踊りをこういうふうにした。

「立ちの基本型で立ってから、五、六歩、歩いて、斜めの方向に戻る。

左手の押し手、左手の払い手、また、左手の払い手で、風や波を表す。

腰を落として、手を右から左に流す。左から右に流す。

両手を胸に置いて、回って袖を取って、入羽に入っていく」

これで、ドビュッシー「月の光」とフランク「天使の糧」はどうにか踊れるようになったが、初めのドビュッシーの「ベルガマスク組曲」前奏曲と出羽の舞いの問題は、解決できないでいた。踊ることはできるが、踊っていて不快感があるのである。自分がそれを感じるのはいいとしても、観客にそれを感じさせるのは、とても心苦しいことであった。

それで、孝子は松田を家に招き、踊って見せてから、率直な意見を求めた。孝子の踊りが終わり、松田はしばらく黙って考えた。

徐に松田は口を開いた。

「確かに初めの曲と踊りは合っていませんが、踊りがしっかりしているので、そんなに不快感は与えません。たとえ観客が首を傾《かし》げても、少し待てば、ドビュッシーの『月の光』の名曲が流れ、『諸屯』の高度な舞いを目にします。最後に創作も加わった重層な踊りで終わります。観客は納得です」

松田はそこまで話し、何か思い出したように口をきっと結び、また話を続けていった。

「友人は私に『神舞』のクラシックを送ってきましたね。ひどいクラシックでした。彼も能をやっているから、あのクラシックと『神舞』は合ってないのは知っています。知っていながら送ったのです。どうしてか不思議でしたが、今は分かります。ひどいものの見本を送ったのです。知花さんは、出羽の舞いとクラシックが合ってないと感じても、私が知花さんに見せた『神舞』と比べると、よっぽど出羽の舞いが良いことが分かります。友人は頭の良い男ですから、権謀をめぐらしたともいえます」

松田が『神舞』のことを持ち出したので、孝子はなるほどと思った。自分が悩んでいる出羽の舞いとクラシックは、松田が見せた『神舞』とクラシックと比べると、よっぽど良い。そう思い、孝子は、

「お話を聞き、気が大分楽になりました。男の友情って素敵ですね」

と言った。それを聞き、松田は更に続けた。

「当日、曲の紹介は私がします。知花さんの前に、五人が踊りますね。演目、踊り手の名前、どんな踊りか、近いうちに私に下さい。知花さんの曲の紹介は、私が考えます。『諸屯』がどんな踊りか。クラシックで琉舞を踊るのは難しいが、段々と合っていき、ドビュッシーの『月の光』でどう踊るか、ご期待下さい」

松田の当日の踊りの紹介を聞き、孝子の気持ちはもっと安らいだ。自分の悩みにしっかり耳を傾け、解決策を懸命に考えてくれる松田は本当に頼もしく、気持ちが通じ、頼りになるとつくづく思った。

公演

ワシントンでは、八月の終わりに秋の気配が漂い始める。空には秋の雲が浮かび、秋風が戦《そよ》ぎ始める。十月には紅葉が見頃になり、人々の目を楽しませる。

十月の二週目の金曜日に、琉舞が余興として組み込まれた大使館のパーティーが催された。開始時刻は六時であるが、人々はその前から、夕日を受けて輝いている公邸の木々を見ながら、会場に入っていった。

いつもはパーティー会場になる大広間に、簡素な舞台がしつらえてあった。大使館の営繕班が、ワシントンに在住の日本人のお抱えの大工に造らせたものである。

観客が座る椅子は置いてなかった。置くとしたら相当の数になるし、踊りが終わったらそれを片付け、いつものような大広間にしなければいけないからだ。どうしても座りたい人は、常時壁に沿って椅子が置いてあり、そこに腰掛けて貰うことにした。

琉舞は十五分くらい遅れてスタートした。司会は松田が担当した。松田は踊りの名前とどういう踊りであるか簡単に述べた。舞台には簡単な幕も拵《こしら》えてあり、松田は幕間に次の踊りの紹介をした。会場にはドリンクのコーナーがあり、ゲストはそこへ行ってドリンクを取り、飲みつつ観覧した。

次々に踊りが終わり、孝子の番が来た。松田は念入りに踊りの紹介をした。クラシックの調べで琉舞を踊る。「諸屯《しゅどぅん》」は琉舞の最高峰の踊りであるが、とてもスローな動きの中に感情を込めるので、鑑賞は難しい。それで、耳慣れたクラシックの調べで、「諸屯」の踊りを踊り、ある所では曲が長いので、創作を少し加えて踊る。ドビュッシーの「月の光」を主にして他の二曲を組み合わせてある。男性を恋い慕う女心、月の光の中で揺れ動く気持ちを味わってほしいと述べた。

自分の出番が来て、孝子は舞台に身を進めていった。観客の前で、「諸屯」を踊る。しかも、クラシックの曲で踊る。緊張はしたが、うろたえることはなかった。何遍も練習をしたので、緊張感に押し潰されることはなかった。伸び伸びと手足を動かしていった。

踊りが終わり、摺《す》り足で退場していく時、孝子は観客から、割れんばかりの拍手を貰った。「ブラボー」と叫ぶ声があちこちから聞こえた。嬉しい気持ちでいっぱいになった。

舞台裏で着替えをし、パーティー会場に出た。松田を見つけ、近寄っていった。松田は他の人と話していたが、孝子が側《そば》に来たので、目と目を合わせ、

「とっても良かった。本当に良かった」

と言った。

「ありがとうございます」

二人は短い言葉を交わしたが、共に力を合わせ、難しいことをやりとげたという喜びでいっぱいだった。

二人は連れ立って、沖縄県人会の幹事をしている下地夫妻の所へ行った。琉舞を踊ったメンバーが屯《たむろ》していた。踊りがうまくいったことをお互い喜んだ。

次に、松田と孝子は、舞台を拵えた営繕班の人々がいる所へ行った。そこには、舞台を造った日本人の大工の畠山もいた。舞台造りは初めてと語る畠山に、皆は彼の労を犒《ねぎら》った。

みなで談笑をしていると、そこへ大使がこのパーティーの主賓の国務省の極東局長のワイルスを連れてきた。みなは、松田と孝子を残し、一礼をして引き下がった。

挨拶を交わした後、ワイルスは孝子に、

「とてもすばらしかった。私は『諸屯』を東京で見たことはあります。その時は、どう鑑賞すればいいかと頭は使いましたが、踊りを楽しむことはできませんでした。今日は楽しめました。ドビュッシーの『月の光』は大好きな曲で、そのせいもあります。ドビュッシーはどういう思いをあの『月の光』に込めたか、そういうことを考えながら、あなたの踊りを見つめました。感動で涙が出て、ハンカチで拭いながら踊りを見つめました」

と語った。パーティーの主賓のすばらしい讃辞に、孝子は胸がいっぱいになった。

孝子の所には、次から次と人々が話しかけてきた。孝子の上司の岡田公使が夫人と共に孝子の所に来た時、もう一人の白人の男性も一緒だった。公使はその男性を孝子に紹介した。新聞記者のトマス・マクミランである。

ワシントンには、ワシントンポスト社という有力な新聞社があり、マクミランはそこが発行する日刊紙の文化、芸能面を担当していた。

マクミランは孝子に、どうして「諸屯」をクラシックで踊ったか、その動機を聞いた。

「『諸屯』は琉舞の最高峰の踊りですが、十三分半の長い踊りです。単調な動作でゆっくり踊り続けるので、琉舞に精通している人は別として、普通の人は見ていて退屈です。特に外国の方には。歌詞を観客に前もって配るのは踊りを理解する一つのやり方ですが、万全の策ではありません。

それで私が考えたのは、クラシックで『諸屯』を踊ったらどうだろうということでした。踊りの歌詞の中に、冬の月を見る所があります。ドビュッシーにも『月の光』という名曲があります。それをクラシックの曲の主要部分として、他の二曲を加え、バックグラウンドミュージックにしました。それで『諸屯』を踊ってみますと、どうにか踊れました」

マクミランは、孝子の長い説明に、手帳を取り出しメモを取った。その他にもマクミランは質問をし、孝子はそれに丁寧に答えた。

別れしな、マクミランは、

「今日の踊り、素晴らしかったです。『諸屯』とドビュッシー、素晴らしい着想です。素晴らしいチャレンジでした」

と孝子を誉めた。

大使公邸での琉舞の催しから、四、五日経った。孝子が朝大使館に出勤すると、同僚から、

「知花さんのことが新聞に載っているよ」と言われた。新聞のページを捲《めく》ってみると、芸能欄に公邸での琉舞のことが書いてあった。パーティーで会ったマクミラン記者の記事であった。こういう内容である。

『諸屯』は琉舞で最高峰の踊りであるが、踊るテンポが極めて遅いので、理解が容易ではない。それで踊りの時にいつも流れている琉歌の代わりに、クラシックの曲をバックグラウンドミュージックとして使った。三つの曲で合成されているが、ドビュッシーの『月の光』が主軸になっている。時間の調整でほんの少し創作が加わるが、クラシックの曲で『諸屯』が見事に踊られる。これで、『諸屯』がどういう踊りか、よく理解できる。優れた『諸屯』の入門の踊りである。

これを舞ったのは、日本大使館に勤めている知花孝子という若い女性である。チャレンジ精神を持つチャーミングな女性である」

孝子はこの記事を読み、好意的に書いてくれているなと、ほっと胸を撫で下ろした。

それから一ケ月以上経ち、朝夕の寒気が強くなった。暦は十二月になり、人々の心にクリスマス気分が高まっていった。そういう中で、孝子は松田から昼食に誘われた。前の日の夜、自宅に松田から電話があった。大使から伝えてほしいことがあるのでと言う。

「何ですか」と聞いても、松田は「お楽しみ」と言って、電話では孝子にそれを伝えなかった。

次の日、行きつけのフランス料理のレストランに入った。じっくり話したい時は、よくそこへ行く。

注文をし、料理が来るのを待ちながら、

「大使からのお話って何ですか」

と孝子は聞いた。

「当ててみて下さい」

松田はすぐには言わなかった。真面目な松田は、こういうじらすやり方をしたことがない。その松田がそういうことをするので、孝子はそれに付き合おうと思った。じれったいが、悪い話ではないと思い、考えてみた。当てずっぽうで、

「琉舞に関すること」

と言ってみた。

「正解。すごいな。それは当たったけど、琉舞の何でしょう」

それ以上のことは見当が付かないので、

「降参。教えて下さい」

と、孝子は手を上げた。

「大使はニューヨークの総領事の山中大使から電話を貰ったそうです。来年一月にカーネギーホールで琉舞の催しがあり、そのトリに知花さんにクラシックで『諸屯』を踊ってほしいということだそうです。

総領事にその話を持っていったのは、ニューヨークの沖縄県人会の幹事をしている宮里さんという方だそうです。宮里さんは不動産の仕事を手広くやっていて、総領事とは昵懇《じっこん》の仲との

ことです。

宮里さんは『諸屯』の踊りをワシントンポストで知ったそうです。それが気に入り、音楽の殿堂と目されるカーネギーホールに公演の交渉に行ったそうです。スケジュールで空いている日が一月にあり、それで公演の運びとなったそうです」

普段は話を訥々《とつとつ》とする松田が、一気呵成《いっきかせい》に話し通した。孝子は話の内容はしっかり頭に入れながら、松田の熱の入った話しぶりを気持ちよく見ていた。

「大使は知花さんに、できたらニューヨークに行ってほしいとおっしゃっていました」と、松田は大使の意向を伝えた。

「そう致します」

と、孝子は即答した。孝子は思いもよらぬ話を嬉しく思いながら、行くと決めたらしっかり練習をしなければと自分に言い聞かせた。


カーネギーホールでの公演は、一月の四週目の木曜日であった。当日の朝早く、孝子はワシントンの飛行場へ行った。ニューヨークに着き、飛行場の構内のレストランで昼食を取り、タクシーでカーネギーホールへ向かった。

タクシーを降り、カーネギーホールを見た。これがそうなのかと自分の目を疑うほど、小さな建物だった。集合時間まで間があるので、カーネギーホールの近くをぶらついた。その後で、戻ってみると、先ほどはちっぽけに見えたカーネギーホールが、こぢんまりとした伝統のある風格のある建物に見えていた。

開演は六時であるが、その日の日程は、四時に楽屋の側にある控え室に集まり、五時に楽屋に入り衣装に着替え、本番を待つというものであった。

孝子が四時少し前に控え室に行くと、県人会の幹事の宮里が来ていて、孝子を温かく迎えてくれた。そこへ来ている出演者を一人一人孝子に紹介した。みんな孝子が沖縄の新聞社の琉舞のコンテストで若くして最優秀賞を取っていることを知っていて、口々に誉め称えた。

ミーティングで、幹事の宮里は二つの留意点を皆に伝えた。一つは公演が終わってから、大方の人はニューヨークに自宅があるので、気を付けて帰ってほしいし、一部の人は遠方から来ているのでホテルに泊まるが、みんな同じホテルなので一緒に行ってほしいということだった。治安の点で、是非そうしてほしいと言った。

二つは、自分の踊りが終わっても、化粧は落とさないで、衣装もそのままで待っていてほしいということだった。カーテンコールがあった時、全員元のままで観客にお辞儀をした方が良いからとの理由だった。

ミーティングが終わり、人々は退散し、また五時に楽屋に集まった。孝子も薄化粧をし、衣装に着替え、本番を待った。

定刻に公演はスタートした。次々と踊りが終わり、次は孝子の出番になった。曲がスタートし、孝子は摺り足で舞台の中央に進んでいった。目を向けなくても、膚《はだ》で大入り満員になっていることを感じた。

人々の目が一斉にこちらを向いていることを察知しながら、孝子はそれに臆することなく、伸び伸びと踊り続けた。

踊りが終わり、摺り足で退場する時、割れんばかりの拍手があった。「ブラボー」の声もあっちこっちから聞こえた。

予期したように、拍手が鳴り止まず、カーテンコールがあった。頃を見計らって出演者全員が舞台の前に立ち、観客に深々とお辞儀をし、幕が下りた。

化粧を落とし、衣装を脱ぎ、普段着に着替え、全員控え室に集《つど》った。幹事の宮里から、丁寧な犒《ねぎら》いの言葉を貰った。そして、全員に封筒に入った謝礼が渡された。それは孝子にとって予期せぬ出来事であったが、みんなすんなり受け取っているので、孝子もならった。

帰りしな、幹事の宮里は孝子に、

「本当に素晴らしい踊りでした。大使に呉々《くれぐれ》もよろしくお伝え下さい」

と言った。

次の日、孝子は午後ワシントンに着き、タクシーで家に帰った。夜、松田に電話をし、カーネギーでの公演が無事に終わったことを告げた。

翌朝、孝子は出勤し、十時半頃大使室に行った。大使にカーネギーホールでの公演が無事終わったことを告げ、お礼を言った。

宮島大使はにこにこして孝子を出迎え、

「少し前、ニューヨークの山中総領事から電話があってね。山中君、奥さんと一緒に見に行ったそうだ。彼の呼び掛けで、館員も大分行ったみたいだ。公演はとても良かったと言っていた。特に、知花さんの『諸屯』は素晴らしかった、ドビュッシーと結び付けたのは良かった、そして知花さんみたいな職員が大使館にいて、私が羨《うらや》ましいと言っていた」

と、大使はご満悦だった。

孝子は、「諸屯」の大使公邸での踊り、カーネギーでの踊りの発端は大使のアイデアから出発していると思い、大使に深々とお辞儀をして引き下がった。


一週間ほど経ってから、朝大使館に出勤すると、同僚の一人が、ニューヨークタイムズの新聞を手にし、文芸欄に孝子のカーネギーホールでの琉舞についての記事が載っていると言った。それを貸して貰い、読んでみた。

ワシントンポストの批評と同じく、好意的な内容であった。

「『諸屯』は琉舞の難しい踊りであり、知花は踊りのバックグラウンドミュージックに、ドビュッシーの『月の光』を主とし、他の二曲を加えた混合のクラシックを奏《かな》で、それに合わせて、『諸屯』の特徴的な踊りを披露した。『諸屯』の入門の踊りとして、しっかりその目的を果たした。

望むらくは、その入門の踊りの後に、本物の『諸屯』を見せてくれたら、もっとよかった」

孝子はこの批評を読み、前向きで建設的な内容だと思った。

カーネギーホールでの琉舞の公演は、日本の公共放送のテレビでも放映された。本土の新聞はそれに対し、何の言及もなかった。

反応があったのは、沖縄の新聞であった。

「先人が心血を注ぎ創り上げた最高峰の踊りに対する、実に軽々しい行為である。文化のグローバル化は世界的な潮流であるが、それに無批判に迎合する必要はない。踊りに従事する者は、孤高の精神を貫き、伝統的な踊りの精髄を目指し、日々精進すべきである」

孝子は、この厳しい批評をしっかり胸に収めた。ぐらつくことはなかった。本物の「諸屯」の踊りの練習は今後もしっかりしつつ、自分の人生で派生したクラシックでの踊りも、自分の踊りの一つの記念として残したいと思った。

久し振りに、孝子は沖縄にいる親友の比嘉貞子から手紙を貰った。前里盛秀とは親密な付き合いが続き、充実した日々を送っているということだった。

カーネギーホールでの踊りに対し、とても素晴らしいと書いてあった。孝子にしかできないことをやり、さすが孝子と感心したと書いてあった。批評はいろいろあっても、孝子は自分の思うことを堂々とやってほしいと述べてあった。

しみじみとした貞子の手紙であった。盛秀とうまくいっていると聞き、良かったと思った。家事をしながら、孝子は何遍もその手紙を読んだ。

毎週行われる大使の記者会見で、一緒に仕事をしたり、「諸屯」のことで二人力を合わせたことで、松田と孝子の相手を思う気持ちは深まっていった。二人共それを知っており、そうなったのをありがたいと思っていた。

それで、二人が住んでいるマンションは近いので、気軽に行き交うようになった。それは良いが、ワシントンの市街のレストランで夜デートをするのに、孝子は難色を示した。知り合いの目に触れるからである。松田はそれを一向に構わなかったが、孝子はなるべく避けたいという気があった。

孝子は松田にそのわけを話した。

「男性からの食事の誘いに、ランチは応じますが、夜のデートは全て断っています。警備には沢山独身の男性がいますが、みんなお断りしています。外交官のお誘いにも応じていません。本官で既婚の方からの誘いもありますが、勿論断っています」

それを聞いた松田は、

「知花さんはチャーミングなので、男性からもてるのは知っていましたが、そんなにもてているんですね。独身の外交官からの誘いは誰からですか。よろしかったら教えて下さい」

と聞いた。いろんな誘いの中で、独身の外交官に対しては、心中穏やかならぬものを感じていた。

「政治班の松平書記官です。大使館の独身の女性から、人気ナンバーワンの方です。ギリシャ彫刻の渾名《あだな》があります。お父様が元イタリア大使でいらしたそうですね」

孝子は淡々と答えたが、松田はびっくりし、

「松平さんは私の一期先輩です。全てにおいて申し分のない方です。そんな方を断ったのですか」

「一度お誘いになられ、二度の誘いはありませんでした。その後、廊下でお会いしても、にこにこ笑顔で挨拶をなさいますし、すばらしい方だと思います」

「もう、びっくりの連続です。知花さんのすばらしさは、みんな知っているんですね。そんな知花さんとデートをしている所は見せてはいけませんね」

「そうですね。人に見られてどうということはありませんが、なるべく見られない方がいいです」

そういうわけで、二人は人目を憚《はばか》り、お互いのマンションで会ったり、ワシントンからずっと離れた所でデートをした。

ワシントンDCから車で一時間半くらい北上した所にボルティモアの港町がある。二人はエドガー・アラン・ポーの作品をよく読んでいた。ボルティモアはポーが荒れた生活を送り、最

後は酒場で泥酔して倒れ、死んでいった町である。二人はポーを偲び、ボルティモアによく足を運んだ。

　また、ワシントンＤＣから車で二時間くらい北上すると、ペンシルベニア州ののどかな田舎町や、美しい湖を囲むように点在する家々の景色など風光明媚《めいび》な所に辿《たど》り着く。二人はそこで弁当を広げ、見知らぬ場所の景観を堪能し、会話を楽しみ、心を通わせた。

親　交

　孝子が大使館に入り、二度目のさくら祭りが来た。初めの時は、大使館に掛かってくるさくら祭りに関する電話の応対ばかりだった。外回りの仕事は、先輩の同僚達に配分されていた。二年目は、いろんな行事のいくつかに参加する仕事を与えられた。さくら祭りで先陣を切るのは燈籠の火入れ式である。孝子は火入れ式で火入れをする火入れ嬢のお手伝いをする係を言い渡された。

　燈籠の火入れ式には、日本側から、駐米日本大使、大使館の公使等の高官、そしてアメリカ側からワシントンＤＣの市長、市の高官、アメリカ政府の高官が出席する。

　日本やアメリカのテレビや新聞で火入れ式のことを報道するので、報道関係者やテレビのカメラも待機する。

日米それぞれの高官のスピーチの後、燈籠に火を入れる。今年の火入れ嬢は、経済班公使大下昌男の令嬢千加子である。千加子は東京の大学に通っている学生であるが、春休みでワシントンに来ていた。

孝子は式が始まる大分前から式場に来ていた。しばらくして、大下公使夫妻と一緒に、令嬢千加子も到着した。桜模様をちりばめたあでやかな振袖の着物を身にまとっていた。

孝子は千加子の所に行き、

「火入れの時、お手伝いをさせていただきます知花孝子と申します。よろしくお願い致します」

と言った。千加子は衆目を浴び緊張していて、孝子の挨拶に戸惑い、

「よろしく」

とだけ答え、顔を赤らめ、両親の側《そば》に身を堅くして突っ立った。

日米の高官の挨拶の後に、燈籠の火入れが始まろうとした。あちこちのテレビ局のカメラが照準を燈籠に向けた。

孝子は令嬢を促《うなが》し、燈籠の方に導いた。ろうそくに点火式ライターで火を付け、令嬢に手渡し、

「燈籠の中にろうそくを立てる台があり、丸い穴がありますから、ろうそくをその中に入れて下さい」

と言った。令嬢は孝子からろうそくを受け取り、腰を屈《かが》めて、ろうそくを燈籠の中に入れて、立てた。

日暮れの薄暗い闇の中で、点在する八分咲きの桜の木々に語りかけるように、燈籠に火が灯《とも》った。どこからか、小さな拍手が起こり、みなもそれに唱和した。

孝子は令嬢に、

「ご苦労さまでした」

と声を掛けた。令嬢はそれにどう答えたらいいか分からなくて、戸惑いながら、

「ありがとう」

とか細い声で言った。令嬢は両親の所へ行き、三人はそこを立ち去った。外交官や奥様の冷ややかな両親からは孝子に、「お世話になりました」の一言もなかった。外交官や奥様の冷ややかな態度には慣れっこになっているので、孝子は令嬢から貰った「ありがとう」の一言には、爽《さわ》やかな響きさえ感じていた。

松田が近寄ってきて、

「ごくろうさま」

と、犒《ねぎら》いの言葉を掛けた。

「大使はこれからお呼ばれで、どこかに行くらしい。私はフリーになるので、うちに来ませんか」

と言った。

孝子は、

「ええ」

と答えた。

孝子は松田のマンションに行く前に、大使館に寄ったので、その分遅くなった。松田は前もって作ってあった料理をレンジで温め、孝子が着いた時には、テーブルの上に料理が並べられてあった。

孝子は箸《はし》を動かした。良い味付けがしてある。孝子は、

「とってもおいしい。松田さん、本当に料理がお上手ですね」

と誉めた。

「知花さんもお上手です。私はこういう簡単な料理しか作れません。前にも言ったと思いますが、父が早く亡くなりました。母子家庭だったので、中学生の頃から料理を作り、仕事から帰った母と一緒に食べることがよくありました」

「その味付けがこれなんですね。その説明があると、味が心に沁みてきます」

「ちょっとしたことに、知花さんは感動するんですね。戸惑いますが、ありきたりの料理をそう思って召し上がっていただいて、身に余る光栄です」

しばらく会話が途切れたが、松田は、

「今日の火入れ式よかったですね」

と言った。

「私は大下公使のお嬢様が、ろうそくを燈籠に入れ、台の中にちゃんと立てられるか心配だったので、火入れ式全体の様子は分かりませんでした」

と孝子が言うと、それに応えるように、松田は、

「火入れ式に椅子がなかったですね。あれがとても良かったです。みんな立って日暮れを待ち、燈籠に火を入れる。誰の発案か分かりませんが、風流です。どこか日本の田舎で行われるような素朴な儀式で、さくら祭りがスタートする。火入れ式は、行事全体をしっかり支えます」

と言った。

孝子は松田の話を聞きながら、そういう良い行事に、自分も縁の下の力持ちとして参加できたことを嬉しく思った。

松田は孝子がしっかり聞いてくれるので、熱弁が続いた。

「桜が日本から寄贈され、ジェファーソン記念堂の池の周りの桜並木は、日本の桜の名所と比べても引けをとらないでしょう。

全米各地から人々は、ワシントンの桜を見に来ます。そして、この桜が日本から寄贈されたと知っています。日米の交流に一役買っています。桜は日本のシンボルの花として、素晴らしい働きをしています。

ワシントンのさくら祭りは、全米でもナンバーワンの祭りですが、そういう土台を築いた先人の努力は立派ですね」

松田の話に、孝子はなるほどと聞き耳を立てていた。話は目新しい内容ではないが、ものごとに感動している人の話は、なるほどと聞ける。孝子は松田の話を心地良く聞きながら、これほどまでに自分の心の中に入ってきた男性はいなかったと思った。そういう男性に巡り会えたことに感謝をし、至福を覚えた。

それは、松田にとっても同じだった。これまで素敵な女性を見ても、心の中に収《しま》っておくだけで、積極的に行動を起こしたことはなかった。そういうタイプの男ではなかった。孝子とは自然に付き合いが生まれ、日々進展しているが、本当にありがたく、この交際を大切に守っていこうと思った。

燈籠の火入れ式の次に、孝子が上司から言われた仕事は、さくらの女王選びのイベントの手伝いだった。さくらの女王はこうして選ばれる。各州は州のさくらの女王を選ぶ。さくら祭りの時、それらの女王はワシントンに来て一堂に会する。その中から一人選出されるが、それがさくらの女王である。

さくらの女王選びは、ワシントンのホテルの大広間で行われる。報道関係者やテレビのカメラが待機する中で、式は進行する。

初め、各州のさくらの女王は楽屋裏で待機する。司会者が名前を呼び、次々に会場に出て来る。孝子は、あらかじめ司会者から出てくる順番を書いてある紙を貰っていたので、司会者が名前を呼んだら、さっと出るように、州の女王達を楽屋裏で並ばせていた。

一方、松田もさくらの女王選びの時、大使の秘書として、その会場に来ていた。さくらの女王選びの時、脚光を浴びるのはさくらの女王だが、その女王の頭に輝かしい栄冠を被せるのは、駐米日本大使である。

さくらの女王が選ばれると、大使とさくらの女王は記念撮影で二人並んでフラッシュを浴びる。秘書は大使の側に座り、司会者の言うことを聞き、大使にいろいろ耳打ちをする。

コンテストは審査員の投票によって決まる。さくらの女王はそのやり方で選ばれるのではなく、回転式の機械で選ばれる。機械を回す人は前もって決められ、司会者はその人の名前を呼んで、ステージに登場させるが、たまにはサプライズもあって、大使の名前を呼ぶこともある。その時は、秘書はどう機械を回すか、大使に耳打ちする。

さくらの女王選出のイベントが終わり、孝子と松田は駐車場に向かって歩いていた。いろいろ緊張はしたが、晴れの舞台を二人一緒に頑張っているという喜びを持った。

松田が、

「楽しかったね」

と言うと、孝子も、

「とっても。松田さんと一緒に行事のお手伝いをしていると思うと、やっていてとても心が弾みました」

と答えた。


さくら祭りの行事の一つは、ダンスパーティーである。会場は、参加者が多数なので、ホテルの中でも収容人員が一番大きな所が選ばれた。四年に一度選出される大統領の祝賀ダンスパーティーは、いくつものホテルで行われるが、メインの会場は、そのホテルである。

大広間に人々が次々と入場し、会場はダンスができるスペースがギリギリというくらいにいっぱいになった。ざわめいた人々の声が、マイクから流れる司会の「紳士淑女の皆さん」の呼びかけで、ピタリと止んだ。

舞台の上では、司会の他に、駐米日本大使と、それに先日選出されたさくらの女王が立っていた。

司会はマイクを大使に向けて、一声をお願いした。大使は、

「みなさん、今日はさくら祭りを祝って、ダンスを楽しみましょう」

と言った。その後で、司会が、

「まずは、大使とさくらの女王に踊っていただきましょう」

と言い、音楽がスタートした。

二人がある程度踊り、体が離れたので、それを司会が見て、

「大使とさくらの女王のダンスのデモンストレーションが終わりましたので、これからは皆さんの踊りです。ダンスを充分楽しんで下さい」

という呼び掛けで、会場のダンスがスタートした。

孝子も、そのダンスパーティーに参加した。各州のさくらの女王も招待されていて、孝子は彼女達の世話係である。パーティーには一人で来ている人も多く、その人々が各州のさくらの女王とダンスを踊る希望があったら、孝子はその橋渡しをしてあげた。

大使館から独身の男性も多数来ていて、孝子の手が空いている時、ダンスをしてほしいという申し込みには応じた。孝子のここでの仕事は、さくらの女王達の世話係なので、踊っていても、彼女達から世話をしてほしいという要望を耳にすると、踊りを中断して貰い、必要としている現場に駆けつけた。

ダンスが終盤に近づき、司会は、

「あと二曲でダンスパーティーは終了」

と告げた。そのアナウンスが終わるや否《いな》や、孝子の所に駆け寄ったのは松田であった。孝子は待ち望んでいる人がサッと現れたのでびっくりしたが、とても嬉しかった。松田は、

「終わり近くでこのアナウンスをすると、司会から聞いていたので、先ほど彼の所へ行ってあと何分と聞くと、三分というのですっ飛んで来ました」

と言い、いたずらっぽい目をして笑った。

「嬉しい。ダンスはできないのに、男の方から沢山申し込まれて、無理に踊ったんです。ラストダンスはあなたで良かった」

と孝子は言い、今日一番の笑顔を松田に見せた。

「あなたも踊りましたか」

松田のダンスのステップがわりと上手なので、気になって聞いた。

「ええ、何人かに頼まれて。踊れないと断ると、教えてあげるというので、やってみました。それで、どうにか踊れるようになりました」

「私も、今日が初めてのダンスです。やってみると、どうにか踊れるものですね」

ラストダンスの二曲は、スローのブルースだったので、心地よく抱き合い、気持ち良く踊れた。踊り終わって、孝子は、

「明日、うちにいらっしゃいませんか。なんか松田さんに、『諸屯』を踊って見せたくて」

と聞いた。

「分かりました。何時に伺いましょうか」

「六時頃ですね。夕飯を召し上がって下さい」

今日は土曜日で、明日は日曜日である。ダンスの熱気は鎮まったが、明日への楽しみに向かい、二人の胸は弾んでいた。

次の日、孝子は手料理で松田を持て成した。二人はデザートを食べながら会話を楽しんだが、その後で、孝子は踊りの衣装に着替え、「諸屯」を踊った。

これまでの孝子の「諸屯」の踊りは、厳しい言い方をすれば、曲に合わせて手足を動かしているだけであった。恋する男にありったけの力で思いを寄せるということは、観念的には分かっていても、熱烈な恋をしたことのない孝子には、実感が伴わないものであった。

それが、松田と付き合うようになって、恋する男への思いというものが体感できるようになった。その心情の変化は、踊りにも反映された。前は心を込めるように自分に言い聞かせ、愛というものを頭で描き踊っていたが、今は愛の実感が胸の中にあり、それを踊りで表現できるようになったのである。

しかし、松田には自分の心情の変化を口では伝えなかった。踊りで見せたかったのである。

踊りが終わり、しばらく経ってから、孝子は松田に、

「いかがでした」

と聞いた。松田は返事をしないで、目を瞑《つむ》り、考え込んだ。松田は前に一度、孝子の「諸屯」の踊りを見ている。あの踊りを思い出そうとするが、うまくいかない。それと今の踊りとの比較となると、お手上げであった。

孝子は可哀相に思って、

「私は、踊りに変化があると思うのですが、それが何であるか言えません。ただ、松田さんに

は、少し変わってきた『諸屯』をお見せしたかっただけです」

と孝子は言った。そう言った後で、

「前と今の違いを松田さんに知っていただくために踊ったのではありません。それは、松田さんには無理だと分かっています。真剣に私の踊りを見て下さる松田さんに、私も真剣に今踊れる『諸屯』の踊りを見ていただきたかったのです」

と付け加えた。

告白

アメリカ各地、そして日本からも人々が来て、大賑《にぎ》わいのさくら祭りが過ぎると、ワシントンは本来の静かな町に戻っていく。さくら祭りの時、孝子と松田はよく会っていたので、それが終わると、休日は自宅で過ごすことが続いた。

五月も半ばに入り、金曜日の夜、松田から孝子に電話があった。明日夕方、食事に来ないかという誘いであった。それが済んだら、ジェファーソン記念堂に行きたいという。そこで、満月を見たいというのだった。久々のデートなので、孝子は快く応じた。

ジェファーソン記念堂は、米国独立宣言を起草して第三代大統領にもなったトーマス・ジェファーソンを記念して建てられた神殿建築の建物である。その池の周りの桜並木は、満開の時、人々でいっぱいになる。夜桜もきれいで、夜もその賑わいが続く。もう桜の花も散り、見物人も途絶えて閑散としているだろうが、思慮深い松田のことだから、満月なので一興あると思ったのかもしれない。そう思いながら、次の日孝子は松田のマンションに向かった。

ゆっくり食事を楽しみ、夜の帳《とばり》がしっかりおりた頃、二人はジェファーソン記念堂に向かった。駐車場に車を停めたが、他に車はなかった。

東の空に月が煌々《こうこう》と照り、池の周りの桜並木の佇まいに、軟らかな光を注いでいた。池に映った月影は、水面をまっすぐ伸び、風に揺れていた。孝子は、松田がこれを見たかったのだと思ったが、それを口には出さず、無言で池の縁伝いを歩く松田について行った。

松田は足を止め、桜並木を見つめながら、こう言った。

「満開の桜を愛《め》でて、人々で賑わうのも良いが、花が散り、人々が去り、桜は次の年に向かって芽吹いています。満月は全てお見通しで、煌々と照り、励ましの光を降り注いでいます。この夜の光景を、さくら祭りの後で見たかったのです」

「なるほど、ロマンチックですね。私の満月の思い出にこういうことがありました。私が高三の秋、十五夜の日、学校から帰ると、父が中城城跡《なかぐすくじょうせき》へ十五夜の月を見に行こうというのです。来年は私が東京の大学へ行き、秋に沖縄に帰ることはないから、今日月を見に行こうというのです。

中城城は、十四世紀に築かれた古城で、月見の名所です。首里城などとともにユネスコ世界文化遺産にも登録されています。父の提案に母も賛成で、夕食後そこへ向かいました。駐車場は車でいっぱいでした。頭上には満月が輝き、辺り一面を明るく照らしていました。大勢の人々が城に向かって歩いていました。

中城城はあちこちに月見の場所がありますが、絶好の場所には、人々が犇《ひしめ》いていました。ここは絶壁で、眼下に東シナ海が広がっています。月は頭上で煌々と照り、海面には月影の太い線が波に揺れています。素晴らしい光景で、懐かしい思い出です」

「お父様は、ロマンチックで、素敵な方ですね」

「そうですね。母もロマンチックで、似た者夫婦です。仲が良くて、ほとんど言い争いはしませんでした。自分の親ですが、良いカップルと思います」

「素敵ですね。ご両親にお目に掛かりたいです」

松田は何の気なしにそう言ったのだろうか、両親に会いたいという言葉は、孝子を当惑させた。何か意味があるかもしれないし、そうではないかもしれない。分からないので、孝子は黙り、松田の言動を待った。

「僕は孝子さんが好きです。これまでの人生で、女性をこんなに好きになったことはありません」

突然の告白に孝子はびっくりしたが、感情の昂《たかぶ》りは、

「私もです」

ジェファーソン記念堂の満月

と自然に口から出て、俯《うつむ》いた。今までの松田に対する心にいっぱい積もった思いが相手に言えたことで、思わず涙が出てきた。啜《すす》り泣きを始めた。松田は驚いたが、孝子の愛情表現と思い、両腕を出して、孝子を抱きしめた。

泣いている孝子の顔を上げ、口付けをした。孝子は泣きながらそれに応えた。二人にとって初めての接吻であった。二人は全てを忘れ、蕩《とろ》けるような甘い官能を味わった。

二人は駐車場に向かった。手をつないで歩いた。孝子は泣き止んで、つないだ手を時おり強く握り返した。

車に乗る前、松田は孝子を抱き寄せ、接吻をした。孝子はそれにしっかり応えた。

「孝子さんの部屋に行っていいですか」

「はい」

「孝子さんの車は僕の駐車場に停めてあるから、そこで孝子さんを下ろしますね」

松田が先に孝子のマンションに着いたので、入り口の所で孝子を待った。孝子が来て、二人は中に入った。

入ったらすぐ、松田は孝子を抱き寄せ、接吻をした。孝子もそれに応じ、接吻を繰り返す松田の求めに従った。

二人は、孝子の寝室に行った。そこでも、松田は接吻をし、二人の官能は高まっていった。松田は、こういうことは初めてなので、これからの手順は定かではない。

松田はリードをしなければと思い、孝子をベッドに横たえた。自分の服を脱ぎ、孝子の服も脱がせていった。

部屋の明かりは点けないでいたが、薄暗い明かりが外から差し込み、その中で二人は激しく燃えた。

全てが終わり、孝子の体の上で荒い息が鎮まってから、松田は孝子の横に体を並べた。しばらく黙っていたが、口を開いた。

「こんなこと初めてだったけど、あなたの協力で無事終えた」

と言い、ほっとした表情を浮かべた。

「私も初めて。好きな人とできて、とっても嬉しい」

と孝子は実感を述べた。そして、しばらくしてから、孝子は、

「これからは、薫さんと呼ばせて」

と言った。

「はい。私は許可なしに孝子さんと言っています」

と、お互い姓ではなく名で呼び合うことにした。

以後、二人は体の関係を続けていくが、そういうことになりそうだと思った時は、松田は孝子のマンションに行こうと必ず言った。孝子はすぐそれに同意したが、それが度重なるので、理由を聞いた。

「行為が終わり、あなたが一人で帰っていくというのは、私には辛いことだから」

だそうである。孝子はその気持ちがよく分からなかったが、松田が自分との愛を大切にしているからだと思い、了承した。


六月の初めに、孝子の沖縄にいる一番の親友比嘉貞子が、ワシントンに来た。金曜日に貞子はダレス国際空港に着き、久しぶりの再会をした。旅の疲れもあるので、その日は孝子の家にいて、積もる話をいっぱいした。

孝子の両親、貞子の両親、踊りの師匠上原のことと、次から次と話は広がっていった。貞子と前里盛秀の仲は次第に深まり、貞子は本当に孝子に感謝していると語った。

貞子は、孝子のワシントンでのロマンスを聞いたが、孝子は松田との交際については少しも語らなかった。大使館には独身の男性はかなりいるので、デートの申し込みはあるが、ランチには応じ、夜のデートは断っていると語った。

「モテモテだから、一人の人とデートをしたら、他の人が苦しむから、みんなのために、全てを断っているんだね」

と貞子は言った。

貞子の渡米の目的は、孝子に会い、ワシントンを観光することもその一つであったが、一番の目的は、バージニア州のノーフォークにいる姉淑子とその一家を訪ねることだった。

姉淑子は沖縄の軍専用の売店ＰＸに勤めていたが、同僚のジェームズと恋愛し、結婚した。ジェームズの転勤で二人はアメリカで暮らした。ジェームズは真面目な青年で、働きながら学業に励み、公認会計士の資格を取り、事務所を開いた。

淑子とジェームズの間に、初めは男の子、次は女の子と二人子供ができた。初め、淑子も働いていたが、ジェームズの仕事が順調にいっているので、淑子は目下家事に専念している。

日曜日の朝早く、孝子と貞子はノーフォークに向かった。車は高速を走っていくが、片道五時間以上掛かる。ワシントンからニューヨークに行くくらいの距離である。

お昼過ぎにノーフォークに着いた。住所で家を捜し、お目当ての場所に来た。二台の駐車場がある二階建ての大きな家である。後で分かったが、地下にもう一階あった。

「これ、姉さんの家、大きいね」

貞子は首を傾げながら玄関に向かったが、孝子も半信半疑だった。

呼び鈴を押した。現れたのは久し振りに見る姉の淑子だった。そうと分かると、感情家の貞子は、「姉さん」と叫び、姉に抱きついた。姉淑子も、それに涙で応えた。

一家総出で出迎えてくれた。貞子は姉の夫ジェームズには沖縄で会っているが、長男ジュリアン、長女ジャスミンに会うのは初めてである。ジェームズには挨拶し、ジュリアンとジャスミンは代わる代わる抱きしめた。

孝子は一歩下がり、貞子の姉一家との触れ合いを、にこにこして見つめていた。

昼食をご馳走になり、ノーフォークの観光に出かけた。ジェームズの運転で、子供達も一緒に行った。助手席には孝子が座り、後部席には貞子と子供達が乗った。

ノーフォークというと、有名なのは軍港である。ジェームズは、まずそこへみんなを連れていった。桟橋に巨大な軍艦が停船している。

「こんな大きな軍艦、沖縄では見たことないね」

と貞子はびっくりした。子供達も、

「大きい、大きい」

と喜んだ。

近くに、ジェームズが学んだ大学があるので立ち寄った。建物の中には入らないで、車で見て回った。広いキャンパスで、ゴルフ場みたいに芝生の緑が広がっていた。建物は大きな木々に囲まれ、厳《おごそ》かな風格を堂々と見せていた。

夕暮れになり、家に戻った。淑子が夕食を作り待っていた。テーブルの上には、いつもよりご馳走が沢山ある。父親ジェームズの分かりやすい説明で、子供達は貞子が母親の妹とどうやら分かるようで、遠方から来た叔母と一緒だという気持ちと、目の前にあるいつもより多いご馳走を見て、大はしゃぎだった。

もう一日滞在してくれると、近くにウィリアムズバーグという古い時代をそのまま保存してある町があり、ジェームズは是非案内したいと熱望した。しかし、貞子はどうしてもあさっては帰国しなければいけないと言って、その日は泊まり、翌日ワシントンに向かった。

そして、貞子は次の日、ダレス国際空港から帰国の途についた。貞子のアメリカ旅行の最大の収穫は、姉一家が豊かで心楽しい家庭を築いているのをこの目で見たことである。搭乗する前、そのことを孝子に伝え、貞子は手を振りながら、元気よくブースに向かっていった。孝子は貞子の後ろ姿が輝いているのが嬉しくて、見えなくなってもしばらくそこに佇《たたず》んでいた。

信頼

以前、日本大使館の警備は、警備官が日夜注意して大使館を守っていくというものであった。大使館と公邸が同じ敷地内にあった時、警視庁から出向している警察官が、一人で全体を警備するというのどかな時代があった。

それが、世界的にテロ活動が活発になると、対策が必要になった。大使館は年々警備態勢を強化し、多角的に大使館を守っていく必要があった。それで、警備員の数も増えていった。大使館の警備班の体制は、警視庁から上級職とその配下の班長となる警察官が出向してきており、その下にローカルの警備員が十人ほどいる。

上級職は、日々の警備に対しては指揮はとらず、アメリカの警備体制を調べることを、第一の職務にしている。しかし、大使館の警備で重大な事故が起こると、上級職の責任は免《まぬが》れない。

大使館の警備は、二十四時間態勢で行われる。なお、夜中の警備は一人で行う。そして、勤務中はずっと起きていなければならない。一時間に一回、建物全体を警邏《けいら》し、異常はないか、日誌に記録を記入する。

夜間の勤務は大変であるが、次の日は一日中休みになる。警備員は班長を除いて、全員ローカル職員である。その数は十人で、その中の五人は大学院や大学に通っている。

警備の仕事をしながらそれができるのは、大使館がA-1《エーワン》ビザという外交・公用ビザを発行しているからだが、もう一つは、ワシントンの大学院や大学が、夜の授業もしているからである。特に大学院はほとんどが夜の授業である。

警備員の中で、夜勤を希望する者は、大学院や大学に通っている者に多い。それで、夜勤をすると、次の日が休みになるので、夜勤を二晩やれば、二日昼間の仕事が休みになる。これは大学院の生徒にも恩恵であるが、大学に通う生徒はとてもありがたい。どうしてかというと、大学の昼のコースが二日受講できるからである。

警備員の鈴木良介は、メリーランドの大学の大学院博士課程に通い、社会学を専攻していた。倉持保二は、同じ大学院で修士課程に通い、政治学を専攻していた。他にも、市川武雄や西田清、野田潔がワシントンの私立大学に通い、それぞれビジネスの修士課程、経済の学士号、ビジネスの学士号に取り組んでいた。

西田清が夜間勤務になった時のことである。西田は数日前から腹の具合が悪かった。痛みがあったが、しばらくすると、少し和《やわ》らいでいた。そういうことが二日ほどあり、夜間の勤務をすることになった。

十一時を過ぎた頃、腹が痛みだした。これまでは痛みがあっても、しばらくすると和らいでいったので、そうなることを願っていた。ところが、痛みは激痛になり、収まる気配はなかった。

自分では手に負えないと思い、班長の横山重夫に電話をした。横山は大使館に向かう前に、野田潔に電話を掛け、夜間警備に来られないか聞き、できるという返答なので、緊急出勤をお願いした。

横山が大使館に着いたら、野田はもう来ていた。野田に後の警備の仕事を頼んだ。横山は西田の様子を見て、これは単なる腹痛ではないと思った。大使館から三キロほど離れた所にサバーバン病院という大きな病院があり、横山は西田をそこの緊急室に連れていった。

早速医師が診察をし、盲腸と分かった。応急手当てをし、次の日手術をすることになった。そういう段取りがついたので、横山はその夜は自宅に帰った。翌朝は十時に手術が行われるので、その前に西田の病室を訪れ、勇気づけた。

西田は一週間ほど入院し、無事退院した。四、五日自宅で静養し、職場に復帰した。

ところが、それで目出度《めでた》しとはならなかった。一ケ月ほど経ち、病院から手術、入院の請求書が送られてきた。あっと驚くような金額だった。

どうしてそういう金額になったかというと、ローカルは医療保険に入っていないからである。その日暮らしに近い生活をしている西田には、到底払える金額ではなかった。預金は全然していなかった。

それで、西田は職場の同僚に相談した。みんな底辺の生活をしている者ばかりである。余分のお金を持ち合わせている者は一人もいない。

仲間の一人が、どうしようもない苦しい立場に置かれた時、みんなで力を合わせて救ってあげようという義侠心が起こった。その運動のリーダーになったのは、鈴木良介である。鈴木は博士課程の勉強をしている学徒であったが、気持ちのやさしい男であった。

西田の病院からの請求を、班長の横山を含めた警備班全員で分担して払うことにした。分担金自体相当の高額であるが、他の人から借金してもいいから、どうにか都合をしてほしいとリーダーの鈴木は提案し、みなはそれに同意した。

それで、西田は病院からの請求に対処することができた。それは美談となって大使館全体に伝わっていった。それで、意気に感じた人は西田に見舞金をあげた。

ローカルの人からはなかったが、本官からはそれがあった。初めは、警視庁から来ている上級職の三船一夫であった。金額が多かったのは大使で、情文班の岡田公使、大使秘書の松田が続いた。本官からは四人であるが、四人の見舞金の合計は、西田の病院からの請求金額の半分を少し越えた額になった。

西田はそれを自分の懐《ふところ》に入れず、分配することを提案し、実行に移した鈴木に差し出した。鈴木は警備全員に分配した。

本官からの見舞金のことは、ローカルの間で話題になり、ランチタイムの時、取り沙汰された。大使の見舞金の額が多かったのは、「さすが大使」と納得であったが、岡田公使、警視庁から出向して来ている三船参事官、そして大使秘書の松田以外に本官からの見舞金がなかったことは、「冷たい」と評価された。しかし、自分達は誰も見舞金をあげてないので、「人のことは悪く言えないからね」と落ち着くのであった。

孝子はランチタイムの西田の盲腸にまつわる一連の話の中で、松田が見舞金をあげているのを知りほっとした。大使にならっただけとも考えられるが、少額でも警備員全体の心温まる行動に加わったのは嬉しかった。

孝子は見舞金をしたい気はあり、少額でもやりたいと思ったが、みんなの動向に歩調を合わせ、やらなかった。しかし、これは孝子を苦しめた。みんなに歩調を合わせ、やるべきことをやっていないからである。良心の呵責《かしゃく》に苦しんだが、日々薄らいでいった。

盲腸事件のほとぼりがさめた頃、警備員の佐々木憲一の家で、本人の誕生パーティーがあった。奥さんが手料理を作り、警備員みなを招待した。佐々木は警備員の中で、一番の年長者である。小さいながら一軒屋に住んでいるので、何かあった時、佐々木の家にみなが集った。

その日パーティーに来られなかったのは、宿直だった高木と、班長の横山である。横山は都合があって出られなかった。

酒も入り、ご馳走を食べながら、大使館のこと、四方山《よもやま》話で盛り上がった。話の勢いが段々と鎮まっていった時、鈴木良介が、しんみりとした口調で話し出した。

「西田君の盲腸は、みんなの協力でうまくいったが、どうも僕には目出度し、目出度しと手放しで喜べなくてね」

鈴木はそこまで言って、話を止めた。みなは何事かと鈴木の発言に注目した。鈴木は大学院で社会学の博士課程の勉強をしていて、見識も高いので、みなから一目置かれていた。

「あれが本官だったら、何のことはないんだ。本官はみんなアメリカの会社の医療保険に加入しているから、払うとしても小さい額になる。そして、差額も給料を充分貰っているから、自分でしっかり払える。西田はローカルだから、あんなことになったんだ」

核心を突く発言なので、みなは慎重に聞いていた。静まり返った雰囲気の中で、みんなはじっと鈴木の話を聞いていたが、そこまで言って鈴木は話すのを休止した。

そこで、市川が、

「じゃあ、どうしたらいいの」

と、口を挟んだ。

「本官とローカルの間では、待遇ですごく差があるね。その改善を大使館にお願いしたいと思うんだけど」

鈴木の発言はもっともなことではあるが、大使館にお願いするということが問題なので、鈴木がそれについてどう言うか注目した。

「一人一人上司に訴えることも一つのやり方だが、それは効果が少ないと思う。となると、みんなで声を大にして訴えればということになるね。その方法は何だと思う」

鈴木はみなを誘導していって、答えをみなの口から出るようにした。

「労働組合を作るということだね」

と市川が正解を出した。みなの頭の中には同じ答えがあったので、一同頷いた。

「大使館で労働組合を作っていいの」

と西田が聞いた。みなもその疑問は持っていたので、鈴木の発言を待った。

「作ってよい。そういう人権は保障されている。海外に住むローカルだって、本土にいる日本人同様、憲法で人権は保障されている」

社会学の博士課程の勉強をしている鈴木は、その方面に詳しいので、みな納得であった。

「ローカルは、みんなで二百人を越える。これは本官以上の数だ。組合員が半分以上でなければ、組合は成り立たないのではないかと思われがちだが、そうではない。半分以下でも成立する。半分以上だと、大使館との交渉の時、こちらの要求に迫力が出るというだけだ。

労働組合ができたら、大使館に届けた方が良い。しかし、届けるのは義務ではない。届けた方が自分達の利益になるから届けるのである。労働組合が保障されるには、ワシントンの大使館だけでなく全世界の日本大使館のローカルは、東京都の労働組合委員会に労働組合の規約その他の必要書類を提出し、労働組合法上の要件を満たしていることを立証しなければならない」

鈴木の説明で、居合わせたみなは、大使館で労働組合を作っても良いことが分かった。しかも、組合員がローカルの総数の半分以下でも作れることが分かった。

「ここにいる人で、労働組合を作ることに反対の人がいるか」

と、鈴木は言い、全員を見回した。反対を唱える者はいなかった。

「これは僕の案だが、設立の発起人を何人か選び、その会合を開き、その人達にランチ等を利用し、組合に入るのに賛成か反対かを聞いて貰い、発起人が集まり、みんなの動向を発表して貰う」

鈴木のこの案に、みんなは賛成した。

それで発起人を、そこにいる一同で選んだ。警備班は二人だが、各班で一人を選んでいった。

警備班　鈴木良介
　　　　市川武雄
医務室　石井靖子
情文班　知花孝子
政務班　時任倫子

経済班　林恵子
会計班　岩瀬久子
領事班　中野有香
営繕班　田尻誠一
文書班　村田由美子
科学班　安藤康夫

以上が発起人である。ローカルの中には、アメリカ人、中南米人も多いが、気心が分からないので、発起人にしなかった。本官に組合成立の動きを密告する恐れがあるからである。

労働組合設立の会合には、佐々木家を使ってもいいという申し出が佐々木からあり、集まっているみなは佐々木夫妻に感謝を述べた。

佐々木憲一の誕生日会が、労働組合の設立の旗揚げの日になったわけだが、警備班の班長の横山の欠席は旗揚げには好都合であった。班長は官員であり、旗揚げが大使館の上部に筒抜けになるからである。

孝子の自宅に警備員の鈴木から電話があった。労働組合設立の発起人のメンバーになってくれないかとの要請であった。ローカル職員の待遇改善のためという鈴木の勧誘の話には説得力があり、学業と仕事をしっかりやり、そして、鈴木本人の人柄に日頃から好感を持っているので、了承せざるを得なかった。

孝子の属している情文班のローカル職員は彼女を入れて十名いて、純粋のアメリカ人は一人で男性、残りはアメリカ人を夫に持つ日本女性であった。

孝子は全員と昼食を共にし、組合に入ってもいいか、口頭で回答を求めた。三分の二は賛成し、三分の一は反対もしくは回答保留であった。

労働組合設立の旗揚げの日から三週間後に、佐々木の家で第一回の発起人会が開かれた。全体の動向は、三分の一が賛成で、残りは反対か回答保留であり、保留の方が多かった。反対の理由は、組合員になった時、上部から何か制裁を受けないかという恐れであった。引き続き、設立の発起人で勧誘を続けようということになった。三週間後に第二回の会合を持とうということで散会した。

そうこうしているうちに、労働組合設立の動きは、大使館の上部に伝わっていった。組合設立に反対の者からの密告があった。そのことを知った上部の者達の心中は穏やかではなかった。ローカルの間で、どういう盛り上がりがあるか不安であった。

毎週一回、大使館で上部の官員の会合がある。外務省の上級の外交官と、各省から出向してきている上級職の官員の会合である。労働組合ができたら困るという意見であった。各国には大使館、公使館があるが、どこにも労働組合がない。ワシントンがその先陣を切ってはいけないというのである。

大使館の名折れでもあるし、組合設立を食い止められなかった官吏の力量が疑われるのである。出世の妨《さまた》げになる。

どうして、そういう評価になるかというと、労働組合は待遇の改善を要求する。そのことを本省に報告すると、本省はその要求を即決はできない。大使館のローカルの手当ては、すでに予算が組まれていて、その枠内でしか対処できない。

次年度の予算に計上するとなると、額が大きい。ワシントンの大使館からの要求に対しては、ワシントンだけに対処すればいいというわけにはいかない。各国の大使館、公使館へも同じような対処をしてあげなくてはいけない。だから、外務省としては、大きな出費になる。

新たな高額の出費に対しては、財務省と予算折衝をしなければならないが、財務省を説得するには、かなりの忍耐と努力が必要とされる。

上部の官員の会合では、総務公使の三浦勇が座長になり、話が進められていた。三浦は話し合いに入る前に、組合を作るという動きは、どういうふうに動いているか、入手している情報を発表させた。組合の推進側は秘密裏に事を運んでいるので、その動きは摑《つか》みにくいというのが現状であった。

座長の三浦は、ご覧の通り、向こうの動きは摑みにくいので、引き続き情報収集をしてほしいと伝えた。

次に三浦は、どうしても組合を作って貰いたくないので、そのための方策は何かと皆に聞いた。

「組合に入りたくないという人の心理は、入ると大使館から睨《にら》まれる、ひょっとしたら首になるという恐れだろうから、意図的にそういう恐怖感を全館的に強めていったらどうか」

という意見が出た。

その意見に対しどう思うか、座長の三浦はみなから意見を求めた。ある外交官が、

「どう思うかの前に、恐怖感を強めるには、具体的にどうするのか」

と聞いた。恐怖感を強めるという意見を述べた官員は、

「解雇していくのです。いろいろと理由をつけて。しょっちゅう遅刻していると指摘して。勤務態度が悪い等。今まではそういうことで解雇されていないが、次々に解雇されると、恐怖感を与え、組合に入るのを差し控えるのではないか」

この意見に対しては、人格者の情文班の岡田公使は、

「大使館をそういう職場にしてはいけないと思います。恐怖感を与えるのではなく、今よりももっと良い職場にしていくという提案で組合作りを止めさせるというやり方もあります。具体的にこうという案はありませんが、やり方としてはあると思います」

と述べた。

これまで、みなの意見を黙って聞いていた大使に、座長の三浦公使は、

「大使、何かご意見はありますか」

と聞いた。大使が「ない」と答えたので、座長の三浦公使は、

「いろいろ意見は出ましたが、時間になりましたので、今日の会は終わりにします。引き続き、情報収集に努め、良い打開策を考えて下さい」

と言い、その日の会合は終わった。


上部の館員の会合のあった夜、秘書の松田は孝子の家に電話を掛けた。八時半頃であった。できたら松田の所に来てくれないかという意向であった。孝子は緊急の用事と思い、わけも聞かず、了承した。孝子は簡単な身支度で、松田の所に出向いた。

孝子を招じ入れ、松田はすぐ用件を語った。

「本当は、お互い立場が違うので、こういう話をしてはいけないと思うが、あなたが言えることはおっしゃって下さい」

松田のこの一言で、孝子のためらいは払拭された。全てを言えではなく、言えることを言えと松田は言っている。自分の立場を考えながら、松田はローカルの動きを知ろうとしている。自分がいろいろ話しても、松田は自分のためにそれを利用する人間ではない。むしろ、ローカルのために働いてくれる人間だ。

「分かりました。私の知っていることはお話しします」

と、孝子は言い、何をどう言おうかと考えるため、しばらく話を中止した。

松田は、

「ありがたいです。問題はローカルの方々の待遇です。今よりももっと良い方向にいくように私は私なりに努力します。あなたから得た情報は、そのために使います。大使は大使館で一番力のある方です。私は大使のお側《そば》で働いています。大使は気持ちのやさしい、心の温かい方です。ローカルの皆さんのために尽力なさると思います」

と言った。孝子も、それに頷いた。

孝子は考えがまとまったので話し始めた。

「組合作りの発案者は、警備の鈴木さんです。メリーランドの大学の大学院で、社会学の博士課程の勉強をしています。組合のこともよく知っています。西田さんが盲腸になり、支払いが大変だったことが、組合作りになったと思います。

各班から発起人が選ばれ、全部で十一人です。私もそのうちの一人です。その人達が中心になって、組合への加入者を呼びかけています。三週間後に発起人のミーティングがあり、どのくらい加入者がいたか調べました。三分の一くらいしか賛成者はいませんでした。

次のミーティングは三週間後に開かれますが、半分を超えるか、もう少しで半分になるかになると思います。

半分以上になると、加入者の名前を書いて貰い、サインをさせ、名簿を大使館に提出します。同時に、東京都の労働組合委員会に報告すると思います。

以上が今の所の動きです」

「ありがとう。あなたからこの情報を貰ったとは誰にも言いません。しかし、大使には、これを伝えます。大使は真心のある方です。ローカルの皆さんのために、一肌脱ぐと思います」

孝子が松田の所に行ってから二週間くらい経って、警備の鈴木から、明日の五時に会議室に来てほしいという連絡があった。上司の岡田公使から許可は貰ってあるという。組合設立の発起人と大使館側との話し合いがあるという。発起人側の出席者は四人で、警備班の鈴木と市川、経済班の林恵子と情文班の知花孝子であり、林は了承しているという。

孝子も出席を了承し、次の日、五時少し前に会議室に行った。部屋の真ん中に机が円を描くように並べられていた。大使館側は総務公使の三浦、情文班公使の岡田、大使秘書の松田が着席し、ローカル側は全員揃い、大使がもうすぐお見えになると三浦公使が言い、五時をちょっとすぎて、大使が入室した。

大使が着席したので、三浦総務公使が口火を切った。

「こういう会は初めてで、これまでもなかったと思います。この会を持とうと提案なさったのは大使で、大使が座長をなさりたいとおっしゃるので、この会の座長をしていただきたいと思います」

大使の面持ちには緊張はなく、穏やかだった。

「大使館で働いているみなさんから労働組合を作ろうという動きがあるそうで、その動機は何か、そして、それに対するみなさんの反応はどうかについて、私達に話してもいいと思うことを、どなたか述べて下さい」

大使の呼びかけに、組合の設立を提案し、運動を進めている鈴木が、ローカルの面々を見回してから口を開いた。

「組合を作った方が良いのではないかと考え、それを推し進めているのは私、警備の鈴木です。同僚の西田が盲腸になり、手術をしましたが、無事退院をしました。病院から送られてきた治療、手術費の請求書に対し、一人では対処できませんでした。いろいろな方々から支援を受け、どうにか切り抜けました。

急場はどうにか凌《しの》げましたが、抜本的な解決ではありません。大使館の底辺で働く者が、明るく生き生きと働くにはどうしたら良いか。それは待遇の改善と思います。ご承知のように、本官とローカルの間では待遇の面で相当の格差があります。組合の設立は、その格差の是正にあります」

鈴木の発言はみんなの知っていることであり、斬新な言及はなかったが、大使館が抱えている大きな問題に触れていた。

大使が、

「具体的にどういう改善を求めていますか」

と鈴木に聞いた。

「一番していただきたいのは、ローカルの健康保険への加入です。次に、ボーナスの支給です。日本ではどの団体でもそれがありますが、大使館のローカルにはそれがありません。最後に、給料のベースアップです。毎年昇給はありますが、全体的にローカルの毎月貰う給料は少ないので、もっと上げてほしいのです。以上の三点です」

「分かりました。鈴木さんの意見に対し、本官から何か意見はありませんか」

と、大使は言い、座っている本官を見回した。しばらく沈黙が続き、本官から意見が出なかったので、大使が発言した。

「ローカルのみなさんは、本当によく頑張って働いていらっしゃる。大使館の仕事をしっかりと下支えして下さっています。それに対し、給料等手当てが充分ではありません。それで、鈴木さんのおっしゃっているのは、全て当然の要求です。

しかし、このことはこの大使館だけでは決められません。本省に伝え、本省が決めます。ところが、本省は予算に則《のっと》って事を運びます。今年の四月以降の外務省、海外の大使館、公館の動きは、前年の外務省の予算の立案、そして財務省との予算折衝で決まっていきます。

そして、鈴木さんの提案なさった三件は、ワシントンだけに適用されるのではなく、全世界の大使館、公使館のローカル職員に適用されます。それで、外務省はこれまでにない多額の金額を予算に計上し、財務省から許可を貰わねばなりません。

三番目の給料の値上げは常識的なものだから、要求は入れるとしても、三番目に軽く添える程度にします。問題はいっぺんに同時にしてくれとするよりも、ボーナスと医療保険どっちを要求一、二として順番を付けるかです。

私の考えでは、ボーナスの要求が外務省として受理しやすく、医療保険はその次になると思います。だから、その順位で申請しても良いですか」

これは大使からの質問なので、鈴木は、

「私としてはそれで良いと思うが、どうですか」

と、ローカルの一同に聞いた。みな頷いたので、鈴木は、

「それで良いです」

と答えた。

「私はあなた方からの要求を良しとし、外務省に上申書を書きます。実現は来年から、それも一気にではなく徐々になされていくと思います。それで、私があなた方にお願いするのは、組合設立の運動は、一応一時中止してくれますか。来年になって、一つも実現がなければ、運動の復活をしたら良いと思うけど。どうでしょうか」

と大使が鈴木に聞くので、

「私もそれで良いと思います。どうでしょうか」

とローカル全員を見回した。みなも頷いたので、鈴木は一同を代表して、

「よろしいです」

と答えた。

「本来の外務省への上申書は、総務公使が書き、それを私が大使として了承するという文面になります。この度は私一人で書きます。それはね、総務公使が書くと、彼の勤務評価は悪くなります。お役所の仕事は波風を立てないように、無難に仕事をしていることが肝要で、あなた方からのこういう要求を了承し、その実現に骨を折ってほしいと外務省にお願いすることは、英語でいうトラブルメーカーなんです。それを総務公使が書くと、彼の勤務点数が下がる。

その点、私は大使だから、点数は下がってもどうということはない。帰国命令が早くなることはあるが、あなた方の要求を上申し、外務省に検討させることで、そうなっても全く平気です。

それでね、上申書を私が書いたら、出す前にあなた方に見せます。秘書の松田が、みなさんの都合のよい時間にこの会議室に集まっていただき、それをお見せします。コピーは都合上、差し上げることはできません。自分の目でしっかり見て下さい」

会議が終わり、ローカル全員深々と大使にお辞儀をした。大使のすばらしい人柄が、ローカル職員みなに感動を与えたのである。

大使は一週間後に本省への上申書を書きあげ、ローカル職員は会議室で秘書の松田からそれを見せて貰った。感情を抜いたお役所の文体ではなく、温かい気持ちの籠《こも》った文体だった。西田の盲腸のことも詳しく書いてあった。

「大使によろしくお伝え下さい。大使のお気持ちを私どもありがたく頂戴し、これからも大使館のために頑張りますとお伝え下さい」

と鈴木が代表して秘書の松田に言い、全員頭を下げた。


孝子は組合のことが問題になった時、頭を痛めた。発起人に選ばれ、情文班の同僚とランチを食べながら勧誘することは造作のないことだが、松田から組合の動きを聞かれたらどうしようかと悩んだ。

自分はローカルであり、その一員として行動をすべきという気があった。松田は対立グループに属している。こちらの動きを対立グループに話すということは、スパイ行為と思った。が、松田のマンションに呼び出され、松田の口から協力を求められた時、少しのためらいはあったが、靡《なび》かざるをえなかった。この人のためなら何でもしてあげようと思った。そして、この人は向こう側の人であるが、こちらの動きを提供することで悪用はしないという自信はあった。

孝子から情報を得た松田は大使に全てを話した。大使は逸早《いち》く松田から、ローカルの動きの全貌を摑んだのである。それを基に、大使は決断し、実行に移した。そうしたことで、大使は本省からお咎《とが》めは貰うかもしれないが、ローカルの職員のために一肌脱いだのである。

大使が書いた本省への上申書を松田がローカル職員に見せてから一週間ほど過ぎて、孝子は前の日に松田から松田のマンションに来ないかと誘われ、喜んで応じた。

松田は手料理でもてなした。いつもは焼き飯に何かを添えているが、その日はそれが茶碗蒸しだった。具として入っている物、味付けが一風変わっていた。

「茶碗蒸しって、すごいですね。お料理屋のものと変わっていて、味もとてもおいしいです」

「そうですか。ありがとう。母はたまに、気が向いた時に、これを作ってくれました。私は母から教わったことはありませんが、たまに食べたくなって、見よう見まねで作ります」

食事が終わり、孝子が洗い物をし、それが済んでから、二人は雑談に入った。

「組合のことはとても気がかりでしたが、うまくいきました。孝子さんのおかげです」

「いいえ、私は何も」

「孝子さんから聞いたことを、私は大使に話しました。毎週ある上部の会合で、情報を集めるというのが、みなに課せられたことでした。誰も私ほどそれができていません。孝子さんのおかげで私は大使に報告し、大使はとても喜ばれました。

それを基に、大使は熟考されました。組合はない方が良い。双方にとってそうなるには、ローカルの人々の要求をできるだけ受け入れるべきだと思われました。組合成立の運動が盛り上がらない前に、大使館は大使館としての意向を真摯にローカルに示さなければならない。

それで、大使館側とローカル側の会同が早めに行われました。自らが先頭に立って、事態の処理をなさいました。実に見事でした。私は大使の秘書として、いつもいろんなことを学ばせていただいていますが、今回は自分が外務省でどう働けばいいか、根本的なことを学びました」

孝子は、これまでで一番の松田の熱弁を耳にした。松田の熱弁は、孝子にも深い感動を与えた。

孝子は松田のマンションで、一番の長居をした。居心地がとても良かった。その心地良さは、家に帰る車の中まで続いた。ハンドルを握りながら、松田のことばかり考えた。立派な大使の下で、仕事に励んでいる松田を羨ましく思った。そして、松田も大使みたいな人になってほしいと思い、そういう松田に親しく付き合い、深い関係になっている自分を幸せに思った。

大使が外務省に出した上申書はどうなったかである。その年は、外務省の予算がすでに組まれていたので、何もなかった。次の年、初めてローカル職員にボーナスが支給された。年末に一回だけであるが、皆無だったこれまでと比べると、一歩前進であった。

その次の年、ローカル職員の医療保険への加入が実施された。全員ではなく、希望者に対してである。アメリカ人の場合、家族ですでに保険に入っている人もいるからである。

アメリカは国民皆保険ではなく、保険会社に加入するのである。大使館が全額保険料を払ってくれるのではなく、ローカル職員が加入すると、給料から差し引かれるが、大使館も何割かは支払ってくれるので、これも待遇面で前進であった。

　ローカル職員に支給される給料も、アメリカ全体の動向、そして、日本の官公庁の動向に対応して支払われるようになり、これも前進であった。

　このように、ローカル職員の待遇は、良い方向に向かっていったので、以後、労働組合の成立に向けての運動は起こらなかった。

　そして、館員とローカル職員との友好関係は、年末のクリスマスパーティーでも見られた。以前は、館員そして、その家族だけのクリスマスパーティーだった。それが、ローカル職員、そして家族も含めた大パーティーになった。高校生以上という制限はあるが、大使館のパーティーの中で、一番大きいパーティーは、館員やローカル職員とその家族のクリスマスパーティーであり、それは以後ずっと続いている。

熱　情

　十二月、クリスマスが済んでから、岡山に住んでいる松田の母親がワシントンに来た。アメリカは初めてである。松田の父は病で早く他界し、松田は小学校の教員である母親に育てられた。母親由紀子は、冬休みを利用して、息子に会いに来た。

　大使館は二十八日から休みに入るが、その前の二日間は休暇を取り、母親をワシントンＤＣ

の観光に連れて回った。木々の緑はなく、冷気の中での観光なので、観光客も少なく、活気のない名所巡りだったが、母親は息子の案内に目を輝かせていた。

昼は外で食べたが、夕食は母親が作り、久し振りの母子団欒《だんらん》を楽しんだ。息子は年頃なので、付き合っている女性はいるかと聞いてみた。息子はためらうこともなく、いるとはっきり答えた。

一緒に食事をしたいから連絡を取ってくれという母親の要望で、松田は孝子に電話で聞いてみた。いつでも良いというので、翌晩孝子が行くことになった。

当日、親子は観光に行かないで、もてなしの料理作りに没頭した。孝子は久し振りの家庭料理を堪能した。ゆっくり味わいながら、母親から作り方を教わったりした。

孝子は松田から少年時代のことを聞いていなかった。だから、どんな少年だったか、母子家庭なので、という母子の協力がどのようにあったか等を興味深く聞いた。母親も昔のことを思い出しながら、楽しく語った。

松田の人柄は、この母親から来たのかと思うほど、しみじみとした情感を持ったやさしい女性だった。

母親も孝子に会い、一目見て好きになった。孝子が帰った後、息子に、

「あんなすばらしい人、よく見つけたね」

と言った。

年が明けて、母親が学校の三学期に間に合わせて帰国する時、孝子もダレス国際空港に行き、松田と二人で母親を見送った。別れしな、母親は顔にいっぱい涙を浮かべて、

「ワシントンに来て、一番嬉しかったのは、あなたに会えたことよ。薫をよろしくね。あなたが日本に帰っていらっしゃるのを、とても楽しみに待っていますからね」

と言った。


以前ほどワシントンは雪に見舞われていないが、暖冬と思っていたら、大雪に見舞われたりする。孝子は、母親からの電話で、母親の母親、つまり祖母の具合が悪いのを聞いていた。その祖母が亡くなったという。四日後に葬式があるが、帰れないかと聞かれた。大使館から休暇が貰えるか、切符の手配、ワシントンに雪が向かっているという情報もあるので、行けるかどうか分からないが、行けると分かったら連絡すると母親に言った。

全ての手はずが整い、孝子は帰国することになった。葬式の前日沖縄に着き、出席することができた。普天間に宜野湾市内で唯一の神宮があり、葬儀はそこで行われた。貞子と盛秀は親戚ではないが、孝子の友人として参列してくれた。

孝子は葬儀の後も、いろいろと手伝いをしなければいけないが、翌日にはアメリカに発つことになっていたので、無理に少しの時間を作り、師匠の上原に三人で会いに行った。

師匠には何も言ってないので、突然の孝子の訪問にびっくりしたが、涙を流して喜んだ。今

もアメリカで踊りを続けていると言うと、師匠は喜び、カーネギーホールでのクラシックの伴奏で「諸屯《しゅどぅん》」を踊ったのはとてもよかった、と誉めてくれた。

沖縄の新聞には酷評があったが、次第にあの良さが分かってくると言った。アメリカで踊りを続けるのは大変だろうが、その苦労はきっと実を結ぶと孝子を励ました。

師匠に別れを告げ、孝子は盛秀の車に乗り、野嵩《のだけ》にある母親の実家まで送って貰った。別れしな、盛秀と貞子が、

「明日は、私達が孝子をピックアップして、飛行場に連れていくからね。おじさん、おばさんは葬式の後片付けで忙しいから、そう言っておいてね。そして、孝子のお土産は飛行場で買うから、何も買わないでよ」

と、貞子が言った。

三人は早めに那覇空港に着き、土産店を見て回った。

「付き合っている人はいるの」

と貞子が聞くので、孝子は、

「いる」

と、軽く答えた。何の躊躇《ちゅうちょ》もなくあっさり返事を貰ったので、貞子はびっくりしたが、深い関係だと思った。

「よかった」

と言い、盛秀を見た。盛秀も顔に笑みを浮かべ、

「本当によかった」

と、こちらも心から喜んだ。

と貞子が聞くので、

「紬《つむぎ》のネクタイとハンカチでいい？」

「とてもいい」

と孝子は答えた。柄選びは孝子に任された。青色のネクタイと、それに合った青色と緑色のハンカチ二枚にした。

孝子が同僚に配るために、お菓子を買おうとすると、貞子と盛秀は必要な個数を聞き、その代金も二人が払った。

別れしな、孝子が、

「盛秀さん、貞子をよろしくね」

と言ったら、盛秀は、

「分かった。僕等はうまくいっているから、孝子も僕等みたいに彼氏とうまくいくように、頑張ってね」

と、答えた。貞子も、

「きっとよ、きっとよ」

と、念を押した。

久し振りの三人の再会は、心楽しいものになった。荷物の検査に向かい、二人と手を振って別れたが、孝子は仲睦まじく手を振る二人を見て、本当に良かったと思った。

空港に、松田が迎えに来ていた。孝子のマンションに向かいながら、孝子は沖縄での出来事を楽しそうに語った。孝子は、盛秀と貞子については松田にいろいろ話しており、二人がうまくいっていることを伝えると、松田も喜んでくれた。

家に着き、バッグから松田にあげるネクタイとハンカチを取り出した。松田はそれを見て、しばらくはじっと見つめるだけで、何も言わなかった。しばらく経ってから、

「女性から、心の籠《こも》ったプレゼントを貰うのは初めてです。いつまでも大切に使います」

と言った。

「嬉しい」

と孝子は言い、松田に抱きついた。松田は強く孝子を抱きながら、耳許《みみもと》で、

「ちょっとの間の別れだが、あなたがワシントンにいないと思うと、寂しくて、寂しくて、たまらなかった」

と囁《ささや》き、唇を重ね、接吻を繰り返した。

「疲れてない？」

と松田が聞くと、孝子は、

「大丈夫」

と答え、二人はベッドへ行った。松田の激しい熱情に、孝子は旅の疲れも忘れ、嬉しく応えていった。

動揺

ワシントンで桜が咲き始め、さくら祭りのシーズンがやってきた。孝子は去年同様、燈籠の火入れ式、さくらの女王選出、ダンスパーティーの係になった。

さくら祭りにはいろんな催し物があるが、スタートは燈籠の火入れ式である。それは、日が暮れかけてから始まる。孝子は予定の時刻より前に式場に来た。次第に来賓が集まっていった。

岡田公使は、奥様、令嬢を同伴していた。令嬢の名は玲子で、今春東大仏文科を卒業し、引き続き大学院に進むそうである。春休みでワシントンに来ていたが、その予定をずっと前に知っていた大使館は、今年の火入れ式の火入れ嬢をお願いした。

しばらく、岡田家の三人はアメリカ人の高官と立ち話をしていたが、夫人が孝子を見つけ、令嬢と一緒に会いに来た。

「今晩は。これうちの娘の玲子です。こちらはお父様の所で働いていらっしゃる知花さん。今日は、あなたのお手伝いをして下さるの。知花さん、よろしくお願い致します。知花さんは、琉舞がとってもお上手で、公邸で踊りを披露されたの。ワシントンポストにも載り、良い評価を受けられたの。そして、フランス語もお上手」

上司の奥様に饒舌《じょうぜつ》に褒められ、孝子はどう応えたらいいか戸惑い、側《そば》に立っている長身の令嬢を見た。そして、更なる衝撃を受けた。そこには、艶《つや》やかな振り袖を身に纏《まと》った、奇麗で上品な若い麗人の姿があった。日暮れの薄明かりの中に燦然《さんぜん》と輝いていた。

孝子はショックで何も言えず立ち竦《すく》んだ。令嬢は、

「何も分かりませんので、よろしくお願い致します」

と言い、頭を深く下げた。

それを見て、公使夫人は、

「知花さん、どうかよろしくお願い致します」

と言うと立ち去り、来賓との話の輪の中に入っていった。

「もうすぐ式が始まると思うので、燈籠の近くに行きましょうか」

と孝子は令嬢を促《うなが》した。それで二人は連れ立って、そこへ歩いていった。

「フランス語の勉強をなさったのですか」

と、令嬢は友達に話しかけるように孝子に聞いた。

「日本の大学での専攻は英文学で、こちらの大学院でも英文学です。日本でも第二外国語としてフランス語、こちらでもフランス語です。こちらの大学院で、卒業試験に第二外国語があっ

て、日本語にしてもよかったのですが、フランス語を伸ばそうと思って、フランス語にしました」

「チャレンジ精神ですね」

「どちらかというと、チャレンジをする方ですね。フランスから来た女性と親しくなり、彼女も専攻は英文学で、二人は英文学をフランス語で話し合いました」

「うわあ。知花さん、すごい。素敵な学生生活でしたね。私は残念ながら、日本語で友人とフランス文学を語り合いました。父がフランスに赴任するのを願っていましたが、夢が叶いませんでした」

式が始まったので、二人の会話は中断された。孝子は令嬢玲子の美貌にも圧倒されたが、気さくな人柄にも驚いた。高貴な令嬢としての昂《たかぶ》りがない。今日初めて会ったという敷居がなく、ずっと前からの友人という雰囲気を醸《かも》し出している。孝子はそういう素晴らしい女性と接し、その人のお手伝いをする喜びを感じていた。

燈籠に火を入れる時が来た。孝子は令嬢にローソクを手渡し、それを燈籠の中でどう立てるか、小声で言った。玲子は言われた通りにやり、燈籠の中に火が灯《とも》った。二人は目と目を合わせ、口をきっと結び、うまくいったことを喜んで、頷《うなず》き合った。人々の間で小さな拍手が起こった。燈籠の火入れの式が無事終了した。

公使夫人が孝子の所に来て、

「今日は大変お世話になりました。さくら祭りが終わり、玲子が東京に帰る前の夜、うちで打ち上げパーティーをやりますから、お越し下さいね」

と言った。玲子も、

「今日は本当にお世話になりました。パーティーに是非いらして下さいね」

と言葉を掛けた。孝子は、

「ありがとうございます。必ずお伺い致します」

と答え、深々とお辞儀をした。

去っていく二人を見送りながら、孝子は何と素晴らしい親子だろうと思った。母親は元外務大臣の娘である。家柄の良さを少しも鼻に掛けずに人と接する、その人柄を娘も引き継いでいる。二人は人格者父親の岡田公使に合流し、三人は仄《ほの》暗い日暮れの中を遠ざかっていく。孝子は三人が見えなくなるまで、佇《たたず》んで見つめていた。


さくら祭りのホテルでのダンスパーティーの時、孝子は去年同様、各州で選ばれたさくらの女王の世話係をした。

初めに大使の挨拶《あいさつ》、次に大使とさくらの女王のデモンストレーションのダンスの後、みんなのダンスがスタートした。

岡田公使の令嬢玲子も、両親と一緒に来ていた。玲子は孝子を見つけ、近寄ってきた。そし

て、

「先日は、ありがとうございました」

と礼を言った。孝子は、

「お手伝いをして、楽しかったです」

と、自分の気持ちを述べ、

「素敵なドレスですね。とてもよく似合っていらっしゃいます」

と、玲子のドレスを褒めた。

「知花さんのドレスも、とても素敵です。アメリカのドレスですか」

「はい。日本人が着て、似合うかどうか分かりません」

そういう会話をしていたら、大使館の若い外交官が来て、玲子にダンスを申し込み、二人は踊りの輪の中に入っていった。

日本からさくら祭りのためにワシントンに来ている独身の旅行者も大分ダンスパーティーにいて、さくらの女王とのダンスを希望する人もかなりいた。そういう時は、孝子が仲に入って世話をした。

それをしながら、大使館の外交官やローカルの独身の男性から、ダンスの相手を頼まれる。手が空いている時は、踊ってあげた。

孝子の関心は玲子にあった。大使館の若手の外交官は次々に玲子にダンスを申し込んでいた。

ギリシャ彫刻の渾名《あだな》を持つ美男の松平と踊った時は、見蕩《みと》れるほどの美しいお似合いのカップルだった。松平も玲子を気に入り、玲子が一人でいると、繰り返しダンスをお願いし、玲子もそれに応じていた。

孝子がショックだったのは、いつの間にか松田が玲子と踊っていたことである。松田が申し込むはずはない。ということは、玲子が申し込んだのだ。玲子は松田に抱かれ、目を閉じ、うっとりして踊っている。ギリシャ彫刻と踊った時は、玲子の目はぱっちり明いていた。

孝子は、初めて他の女性に妬《や》いた感情を持った。松田は玲子と踊ってほしくないのである。松田が他の女性と踊っている時は何も感じなかったが、玲子と踊っているのを見たら、自分の体内に嫉妬の炎がおこり立つのを覚えた。

これはいけないと、自分に言い聞かせた。曲が終わり、二人の体は離れた。孝子はほっとしたが、新たな不安が生じた。もう一度踊るかもしれないと。

孝子は、自分の身に起きた新たな感情にどう対処したらいいか分からなかった。じっと堪えようと努めるべきか。玲子が来たら、どう向き合えばいいか。にこにこして、当たらず障《さわ》らずの話題を口にしたらいいのか。

そういう思案をしていたら、ダンスも終わりに近づき、松田が近くに寄ってきた。ほっとした気にもなったが、憎たらしくもあった。松田の手を握り、腕の方を軽く抓《つね》った。

「どうしたの」

と、松田は驚いて、孝子の顔を見た。

「知らない」

と孝子は言い、口を噤《つぐ》んでみせた。これまで感情を露わにした顔を松田に見せたことがないので、松田は孝子の豹変にびっくりしたが、思い当たることもあるので、じっとしていた。

「どうしてか分かった」

「ひょっとしたらね」

「私、苦しかった」

「それはすまなかった。でも、玲子さんは僕の大学の後輩で、向こうから踊ってほしいと言うから、それに応じただけです」

「玲子さん、あんまり素敵な方だから、私苦しかった」

「分かった。終わりまで、ずっとあなたと踊ります。それでこうして来ているのです」

松田と踊りながら、孝子の気持ちはほぐれていった。しかし、初めて体内に点火した嫉妬の炎は、鎮めようとしても鎮まらず、燻《くすぶ》っていた。

「今日はうちに来て」

孝子は、踊りながら松田を誘った。孝子は初めて、松田に誘いの言葉を掛けた。

「分かった」

踊りながら、二人の体は熱くなっていった。

孝子のマンションに行き、二人は激しく燃えた。しかし、行為はいつもとは、どこか違っていた。いつもは、百メートルの競走をゴールに向かって、まっしぐらに駆ける。終わった後は、清々《すがすが》しさが残った。

それがなかった。孝子の脳裏には玲子の存在があり、それに負けまいとする雑念があった。完走はしても、清々しさはなかった。

さくら祭りのいろいろな行事が終わり、情文班の岡田公使邸では、打ち上げパーティーが行われた。燈籠の火入れ式に火入れ嬢になった令嬢玲子は明日東京へ帰る。そのこともあって、大使館の独身の外交官等も多数招かれ、いつもの内輪のパーティーより大きなものになっていた。

ベセスダにある公使邸は、孝子のマンションからそう遠くない。孝子は仕事が終わり、マンションに帰り、パーティー用の服に着替えてから行った。パーティー会場は地下の階である。ドリンクを貰いに行く前に、公使夫妻に挨拶しようと思ったが、二人は違う話の輪で、歓談をしていた。一言挨拶をしようと思い、それぞれに会い、お招きの謝意を述べた。

ドリンクを注文し、一人佇んでいると、松田が来た。二人は隅の方へ行って話した。松田が隅に向かって立ち、孝子は周囲が見渡せる所に立っていた。

対角線の隅の方を見ると、令嬢玲子とギリシャ彫刻の外交官松平が話していた。松平は隅の方を向き、玲子は隅の所に立ち、周りを見回せる位置にいた。

孝子はダンスパーティーの時も同じように感じたが、二人はとてもお似合いのカップルと思った。ダンスもラストダンスは二人で踊っていたし、二人とも、良家の出身である。松平の父は、今は退官しているが、元イタリア大使である。玲子の父親は孝子の上司岡田公使であるし、母親は元外務大臣の娘である。お互いそれも分かり、交際を続けていくのではないかと想像もしてみた。

孝子と玲子は、お互い会釈すればそれができる方向と位置にいて、実は目も合っているがそれをしないでいた。孝子はしない方が良いと思った。した場合、こちらに気兼ねして来るかもしれないからだ。それは、楽しい会話をしている二人に悪いと思った。

それもあることはあるが、そういう相手に対する思いやりよりも、孝子の心の奥底には、玲子の素晴らしさを、松田にだけは見せたくないという気持ちがあった。

孝子はそういう邪《よこしま》な思いを持ちつつ松田と話を続けていたら、しばらくして、玲子がこちらに近づいてきた。それを見て孝子は、すぐさま身を正し、笑顔で玲子を招じ入れた。

孝子と玲子はお互い挨拶を交わし、着ているドレスを褒め合った。

それが終わってから、玲子は松田のことを語り出した。

「東大の能クラブは、発表会をすることがあります。その時は友人と連れ立っていつも見に行きました。松田先輩はよく主役をなさっていました。かっこよかったです」

と言い、自分が目にした感動を具体的にしっかり述べた。

「松田先輩は、大学生によるフランス語による全国の弁論大会で二位になられました。慶応の方が一位でしたが、その方のお父様は商社の方で、大学に入る前、ずっとフランスに住んでいらっしゃったそうです。言葉は流暢でしたが、内容は松田先輩の方がずっと良かったです」

と、玲子は言い、

「松田先輩は私の憧れの人でしたから、ずっと追っかけをしていました」

これも付け加えて、肩を窄《すぼ》めて、いたずらっぽく笑った。

孝子はショックだった。玲子が松田のことをよく知っているのである。松田がフランス語もできると知っていたが、そんなにできるとは思わなかった。

松田は話が自分のことだけになっているので、

「知花さんは沖縄の方で、琉舞がお上手です」

と違う話題を持ち出した。

「そのことは、母から聞いています。私、小さい時、日本舞踊をやっていました。今はもうやっていません。それでも踊りは好きで、琉球の踊りもテレビで見ています。独特の踊りなので、引き付けられます」

と、玲子は如才がない。孝子が頷くだけにしていたら、玲子は、

「沖縄の方は芸能、そして、歌手の方もすばらしく輝いていらっしゃいますね。それを育《はぐく》む歴

史的な土台があったのですか」

と聞いた。孝子は、現今の芸能発展の基盤となる沖縄の特殊な歴史を分かりやすく説明した。

「沖縄の踊りには、テンポの遅い悠長な踊りとテンポの速い軽快な踊りがあります。沖縄と中国の間には、特殊な関係があり、沖縄は中国の使者をご馳走と踊りでもてなしました。その踊りから、悠長な踊りが生まれました。沖縄は暑い所です。夜は幾分涼しいです。昔の農民は、日中の暑さは大変ですが、働かないといけません。少し涼しい夜に、余暇の楽しさを求めました。毛遊《もうあし》びです。毛《もう》とは野原です。天上には月が照り、星は輝いています。青年男女は野原に行き、三線《さんしん》や太鼓で歌い、踊ります。その毛遊びが、今活躍している歌手のみなさんの源流であり、踊りでいえば、テンポの速い軽快な踊りの源流です」

孝子と玲子は、そこに松田がいないかのように、二人の話に夢中になっていた。それだけ二人は相手に親しみを感じ、話のやり取りに没頭していた。

「知花さんは、フランスのお友達とたくさん会話をなさったそうですが、文学のこともお話しなさいましたか」

「彼女が読んだ本を私が借り、それについて話したりしました」

「どんな本ですか」

「二人で一番議論したのは、ジードの『田園交響楽』です。聖職者の肉欲への迷いがテーマでしょうね。これは現代にも通じるテーマですね。私は西洋の宗教の知識が乏しいので、いろいろ友人に教わりました」

「知花さん、すごい。私もその本は繰り返し読みました。本当に、道徳的にいやらしい牧師ですが、そういう牧師を登場させ、人間の本性を追求するジードはうまいですね」

孝子と玲子が話に夢中になっていると、玲子の母親が来て、玲子に会いたい方があちらにいらっしゃるからと、娘を連れていった。

「うわあ。玲子さん素敵。ワシントンに来てどころか、これまでで一番素晴らしい女性に会いました。感激です」

先ほどまで敵視していた玲子を、今度は絶讃したのである。玲子の美貌と人柄は、孝子を瞬《また》く間に豹変させる魅力を持っていた。

パーティーが終わり、来客は退散していった。同僚はみな家庭持ちなので先に帰ったが、孝子は自分の上司のパーティーなので、止《とど》まって後片付けの手伝いをした。声を掛け合って玲子と仕事をするのは楽しかった。

公使夫人から、「後は私どもがしますから、お帰りになって」と言われても、孝子は止まっていた。玲子も孝子がそのまま止まって一緒に後片付けをしてほしいから、母親に与《くみ》せず、何も言わないで、孝子と一緒に楽しそうに仕事を続けた。

孝子も玲子も、一人娘できょうだいがいない。会って間もない付き合いであるが、お互い引き付け合う相性の良さを感じていた。

帰りの車の中で、初め孝子は浮き浮きした弾んだ気持ちでハンドルを握っていた。その明るい気持ちは、夜の暗い帳《とばり》の中に吸い込まれていった。

玲子の魅力、両親の素晴らしさは、ただ眺めるだけなら何のことはないが、自分との関連の中で考えると、自分の行く手に立ちはだかる巨大な壁のように思われてきた。

ギリシャ彫刻の松平と玲子はお似合いで、ダンスパーティーの時、そして今日のパーティーと、その思いは強くなっていた。それだけのことで事が済んだら万々歳だが、「私、松田先輩の追っかけをしていました」という玲子のショッキングな発言があった。

冗談ぽい言い方だが、本心がうまく隠されている。強敵の出現は、相手そして両親があまりにも素晴らしいので、孝子はどう対処すればいいか分からなかった。

玲子が東京に帰り、しばらく経ってから、松田と孝子はデートをした。日曜日に遠出のドライブをし、港町ボルティモアまで行った。そして、港に近いレストランで、魚の料理を食べた。

「玲子さん、素敵な方ね」

と、料理を食べながら、感慨を込めて言った。ワシントンからボルティモアまで、高速で飛ばしても一時間以上掛かる。車の中でいろんなことを話したが、孝子が松田から一番聞きたかったのは、この質問であった。それを車の中で口にしなかったのは、後で食事をしながら、落ち着いた時に、松田が玲子をどう思っているか、本心を聞いてみたかったからである。

「そうだね」

と松田は答えたが、漫《そぞ》ろな言い方だった。

「これまでに会った女性の中で、ナンバーワンだわ」

と孝子が言うと、松田は間髪を入れず、

「僕には君がナンバーワンだ」

と、実感を込めて言った。

「まあ、憎らしい」と孝子は言おうとしたが、やめた。松田の口調が、しみじみとした誠実な響きを持っていたからだ。本当にこの人は心から信頼すべき人だと思った。

名残

六月に公務員の異動があり、松田は帰国することになった。二年勤めての帰国である。普通は三年勤めるが、早目の帰国になったのは、大使の帰国と関係があった。新任の大使が気に入りの外交官を秘書として連れていきたい場合は、これまでの秘書官の交代があるからである。松田は帰国命令を受けると、それを逸《いち》早く孝子に伝えた。二人は住まいが近いので、逢瀬が多くなった。松田は、

「大使館を辞めて、東京に来てほしい。二人で生活することからスタートしよう」

と言った。孝子もそれに同意した。それで、松田は元気よく荷造りを始め、孝子も休みの日

には松田のマンションに行き、手伝った。

二人でやる荷作りは、近い将来二人の東京での生活を想像させ、松田は二人で所帯を持つ喜びで、胸が膨らんでいた。

しかし、たまに孝子が寂しげな表情を見せることがあった。初めて見た時は黙っていたが、二、三度それを見た後には、

「何か寂しそうだけど」

と、然《さ》り気なく聞いた。孝子は、

「あなたとしばらく別れるのが、寂しいのかな」

と弁明した。松田はそれもありえると思い、それを信じた。


松田が帰国する日が来た。孝子はダレス国際空港に見送りに行った。松田は外交官としてはまだ下っ端なので、見送りに来た人は少なかった。ローカルは孝子一人だった。

「辞表を大使館に出し、早く部屋を片付けて東京に来て」

松田はこれまでに、ことあるごとにこの言葉を孝子に言ってきた。空港でも、この言葉を繰り返した。

これまでは松田のこの要求に、孝子は、その場凌ぎで「ええ」とか「はい」と答えていたが、そういう気のない返事では帰国する松田が可哀相だと思い、

「必ず行きますから、待っていて下さい」
とはっきり言った。この言葉に松田は納得し、心置きなくワシントンを去ることができた。

決断

去る者日々に疎《うと》しというが、玲子が東京へ帰ってから、彼女のことは孝子の脳裏から日々忘れられてはいかなかった。むしろ、玲子のことは、孝子の思考の中心になっていった。孝子は自分のお腹の中に、松田の子を身籠《みごも》っていた。こんな素晴らしいことを、自分が愛している人に言えなかった。孝子の口から松田にそれを伝えると、無上の喜びを言うに違いない。松田が喜んでいる顔を想像すると、それを伝えてあげられない自分が腹立たしかった。それを言えない孝子の思考の中心に、玲子の存在があった。玲子の存在がなかったら、彼女を知っていなかったら、自分の妊娠を松田に喜んで言えた。

玲子が出現した時、彼女の美貌と人柄に孝子は圧倒された。松田を奪われまいと嫉妬の炎を燃やした。その炎がずっと続いていたら、松田の愛をずっと勝ち得るために、松田に身籠っていることを伝え、玲子を打ちのめす武器に使った。

今は玲子に対する嫉妬の炎が消え、孝子の胸中は玲子礼讃に変わっている。松田を奪われまいとするどころか、二人を結びつけるための術策に奔《はし》ろうとしている。

松田は誠実な人柄ゆえに、鎬《しのぎ》を削る外交官の競争で、追い落とされる公算が強い。その弱さを助けてあげられる伴侶としては、玲子が一番良い。本人の美貌、人柄、力量もさることながら、両親の家柄の素晴らしさは、松田が歩む道に輝く光を照らし続ける。

それとは違う生き方がある。たとえ、外交官が出世争いをしても、それを気にしないで仕事を誠実にやり、低い地位の仕事を貰う。松田の誠実な人柄はそれに耐え、与えられた仕事をしっかりやっていく。妻もそういう夫を温かく見守り、夫婦で力を合わせて子供を育てる。ソローの説く人間として生きるべき道とは、そういうものであろう。

自分には、それはできない。自分と松田が結婚し、松田の出世が遅れた場合、玲子ならこうはならなかったという後悔をする。仮に、ギリシャ彫刻の松平と玲子が結婚したら、素晴らしい道を、必ず歩んでいく。こっちはどんどん追い越される。その時の悔しさは計り知れない。ソローの『森の生活』を聖書として、悔しさに耐えて生きることはできない。

しかし、それは一人身の浅はかな考えかもしれない。今は身籠っている。生まれた子供は何を望むか。母子家庭より、両親が存在することが、何よりの希《のぞ》みなのだ。父親が出世争いに敗れても、子供としては自分をしっかり守ってくれたら、幸福なのだ。

自分の考えを推し進めるに当たって、一番の障害になったのは、生まれてくる子供をどうするかであった。しかし、それに対しても、自分はこう生きたいという自分の我を押し通そうとした。

いろんなことを考えての結論は、松田と別れ、子供は自分で育てるということだった。母子家庭なので、子供との間でいろんな葛藤が生じてくるが、その都度全力投球をしようと思った。自分の考えがまとまったので、孝子は沖縄にいる親友の貞子に手紙を書いた。どうしてこういうことになったのかの詳しいわけを書いた。そして、ノーフォークにいる貞子の姉の所にしばらく身を置かせて貰えないか、伺いを立てた。

貞子はびっくりし、盛秀と相談をした。二人の話し合った結論は、お互い好きであるから、子供も生まれてくるし、とにかく松田と一緒に生活をした方が良いというものであり、それを孝子に送った。

孝子は、予想した通りの返事と思い、もう一度、自分の心情を詳しく書き、ノーフォークのお姉さんに頼んでほしいと書いた。だめだったら、一人ワシントンを離れ、アメリカのどこかへ行き、子供を産むと書いた。

貞子は、今度は孝子の要望に同意した。孝子はおとなしいが、こうと決めたら実行する女性なので、認めざるをえなかった。ノーフォークの姉に手紙を書き、姉も孝子の受け入れを了承した。

孝子は貞子に感謝の手紙を書いた。ずっと後になって、母が自分のことを何か聞いてきたら、バージニア州の州都リッチモンドへ行ったと言ってほしいと頼んだ。良い仕事があって行くが、落ち着いたら連絡すると言っていたと伝えてほしいことも頼んだ。

これまでも部屋の片付けは少しずつしていたが、貞子の姉が自分の同居に同意してから、孝子は部屋の片付けに力を入れた。そして、退職願いを大使館に出した。孝子はそのことを同僚のだれにも言わなかった。しかし、そのことは館内に広がっていった。

孝子は松田との交際は秘密裏にしていたので、松田を追って東京に行くという憶測も流れなかった。「どうするの」と聞く人に、「バージニアの州都のリッチモンドに良い仕事があるので、そこへ行く」と答えた。そして、「落ち着いたら、みんなに連絡する」と付け加えた。いろんな面で孝子には優れた力があるのをみんなは知っているので、引き抜かれて行くと思った。

今日が大使館での最後という日、同僚は会議室で昼食会を催してくれた。みんな自分の弁当を持ってきて、そこで一緒に食べるのである。大使館で孝子と親しかった人が大分集まってくれた。

雑用係のルイスに頼み、会議室の真ん中に大きなテーブルを三つ並べて置き、その周りに椅子を置いて貰っていた。あんなこともあった、こんなこともあったと、孝子の思い出話が出てきて、そんなことで話は盛り上がった。

最後に、みんなが書いてくれてあった寄せ書きのカードと記念品のピンク色の万年筆を貰った。それを孝子に手渡す前に、同僚のスミスが、「リッチモンドでの活躍と、そしてワシントンに来た時は、大使館に寄って、元気な顔を見せて下さい」と短いスピーチをしてくれた。

孝子はみんなの気持ちがありがたく、カードと記念品をスミスから貰いながら涙を流した。涙に噎《むせ》びながら、「ありがとうございます、ありがとうございます」とお礼を言った。

引っ越しの日、部屋の荷物は運送会社に頼み、孝子は自分の車を運転して、ノーフォークへ向かった。車はルート95のハイウェイを南下して進む。

いつぞや貞子がワシントンに来た時、二人でノーフォークに住む貞子の姉夫婦の家族に会いに車を走らせた道である。あの時は、貞子と二人、いろんなことを楽しく語り合った。今は一人、孝子は身重の身で展望が明らかでない未来に向かって車を走らせていた。

独歩

孝子はノーフォークで貞子の姉淑子に温かく迎えられた。淑子は孝子を見て、涙を流し、抱きついて、「大変だったね」と言いながら孝子の背中をさすった。大分大きくなったジュリアンとジャスミンは、涙を流している母親を見て、「どうしたの」と質問し、怪訝《けげん》な目で見ていたが、親しい人を歓迎する時の一つのやり方と気付き、抱きついた大人の体が離れた時、初めジュリアンが孝子に、次にジャスミンが母親に抱きついた。

淑子の夫ジェームズが帰宅し、夕食になった。淑子が腕を奮《ふる》った夕餉《ゆうげ》になった。食卓に並んだ盛り沢山の料理に子供達は、大喜びだった。ジェームズの食前の祈りの後、みんなは楽しく話し、料理を満喫した。

ジェームズは、苦労して公認会計士の資格を取り、事務所を開き、人々の信頼を得ていた。温厚なジェームズの人柄、淑子の情の深さ、仲睦まじい両親の下での子供達の無邪気な振る舞い、孝子は箸を動かしながら、涙を流した。

ジュリアンは孝子が泣いているのを見て、

「どうしたの」

と孝子に聞いた。母親の淑子は、

「あなた方が良い子だから、涙を流したの。人は嬉しい時も涙を流すの。孝子さんは、しばらくこの家に泊まり、あなた方といっしょに生活します」

と言った。

「ラッキー、ラッキー」

と、子供達は、大喜びだった。

淑子の家は大きく、泊まりの客がある時に使うゲストルームが、二階に一つと地下に一つと二つもあった。二階は東向きで日当たりが良いし、見晴らしも良いので、淑子はそこを孝子の部屋に宛《あて》がった。淑子には孝子は自分の妹貞子の一番の親友という意識があり、妹同様に大切にもてなしたいという思いがあった。

孝子は、いろいろ用事を言い付けてほしいと淑子に頼んだ。淑子が掃除をする時の手伝い、淑子が買い物に行った時等の子供達の世話、料理の手伝い等を、無理がない程度にやるように淑子から言われた。

孝子は淑子の家で、心楽しい日々を送っていった。つわりが来たが、比較的軽かったので、そんなに苦しまずに乗り越えていけた。とても苦しい時は、松田を思い浮かべて耐えた。松田はつわりの苦しさをもたらした張本人であるが、彼を思い浮かべることで、苦しさを軽減する頼り神になった。

孝子は時々の検診に、淑子が二児を出産した病院へ行った。経過は順調であった。淑子夫婦の厚意を受けて居候《いそうろう》をさせて貰っているが、出産後は自立しなければならないと思い、ジェームズに相談をした。ジェームズは、「考えておく」と言い、「まず、就労ビザが必要だね」と言った。孝子は日本人なので、アメリカで働くためには、それが必要であった。

そこで、ジェームズは知り合いの弁護士に、孝子の就労ビザ取得の手続きを依頼した。孝子は日本とアメリカで、図書館員の資格を取得していたので、孝子はジェームズに、あちこちの学校や大学の図書館に空きがあったらよろしくと知り合いに頼んでほしいとお願いした。

孝子の出産の予定日は近づいていき、それより二日前に女の子を出産した。俊子という名前にした。二ケ月ほど淑子の家にいて、近くに手頃なマンションがあったので、そこへ引っ越した。

ジェームズのおかげで、孝子は就労ビザを取得した。そうしたら、あと二ケ月待つと、ノーフォークにある州立大学の図書館員の仕事があるという情報をジェームズから貰い、それに応募した。

面接に来るようにという通知を貰い、行ってみた。数人の応募者がいたが、孝子はそれに受かった。そこに図書館員として勤めることになった。全てはジェームズ夫婦のおかげである。合格の報告に淑子の家に、娘俊子と共に行き、心から感謝の言葉を述べた。

マンションと大学の中間地点に保育所があり、孝子は娘俊子をそこに預け、そこから仕事場に向かった。保育所には、軍人と結婚してノーフォークに来ている旧姓玉城《たまき》という沖縄出身の女性が働いていて、俊子の面倒をよく看《み》てくれた。

俊子は丈夫な女の子ではあったが、たまには風邪等で体調を崩す時があった。その時は淑子に知らせると、快く面倒を看てくれた。淑子の二人の子供はまだ小学校に通っていないが、もうそんなに手が掛からないから、病気の時は、いつでも連れてくるように言ってくれた。淑子に対する感謝の気持ちは、言葉では言い表すことのできないものだった。

孝子は俊子を出産し、図書館員として働くようになってから、沖縄の両親に手紙を書いた。俊子の出産、図書館員として働いていることを伝え、詳しいことは後でゆっくり伝えるとした。

孝子の両親の驚きは相当のものだったが、親としてどういうことをしてほしいか、孝子の要望を聞いてきた。それで、自分がノーフォークで俊子をしっかり育て、仕事ができるのは、貞子のお姉さんの淑子さん一家のおかげなので、お礼をちゃんとしてほしいと頼んだ。保育所には、沖縄出身の玉城さんという保育士の方がいて、俊子の面倒をよく看て下さっているから、こちらにもよろしくと書いた。

孝子の母親道枝は、淑子の二人の子供の洋服、そして沖縄産の食べ物をちょくちょく小包で送った。淑子は、自分の親元からは何も送ってこないのに、孝子さんの親御さんからはこんなに沢山戴《いただ》いてと恐縮し、喜んでいた。孝子の家庭と淑子の家庭は、沖縄にいる孝子の母親も加わることにより、それが潤滑油となり、三者の歯車はうまく回転していった。

孝子の母親道枝は、俊子を預かって貰っている保育所で働いている沖縄出身の玉城にも、沖縄産の食べ物をよく送った。玉城は情が深いので、孝子の母親の気持ちをしっかり受け取り、お礼の言葉をありったけの心を込めて孝子に伝えた。

孝子が、

「玉城さんには、俊子がいつも本当にお世話になっています」

と言うと、

「俊子ちゃん、とても賢い赤ちゃんですよ」

と言い、こんなこともありましたと、娘の俊子の保育所での様子を細々《こまごま》と語ってくれた。孝子は娘の知らない一面を知ることができ、とても嬉しく思った。

俊子が生まれ、一年二ケ月くらい経ったある日曜日の午後、真っ青な秋の空をマンションの窓から見ていたら、ふと久し振りに琉舞を踊ってみたくなった。俊子はもう立って、よちよち歩きができるようになっていた。

初めに、踊りの曲だけを流してみた。俊子の反応を見たかったのである。耳慣れない音なので、初めは驚いていたが、黙って聞いていた。次に孝子は、曲に合わせて踊ってみた。娘の俊子は、母親の踊りをじっと黙って見ていた。

邪魔をされるのを覚悟していたが、黙って曲を聞き、自分の踊りを見ているのである。孝子は娘が見ている前で、不思議な感動で踊った。これまでは大人、もしくは子供でも琉舞を踊っているなと分かっている者の前で踊ったのである。それが、琉舞を知らない我が子の前で踊るのである。不思議な緊張感で、真剣に踊った。

これからは、週に一度は踊ろうと決意した。娘もずっとこれからは見ているから、教えても良い年頃になったら、琉舞を教えようと思った。

次の週に、また踊りをやった。目の前に俊子はいる。初めに、二曲、軽めの踊りを踊り、締め括《くく》りに「諸屯《しゅどぅん》」を踊った。

初めの出羽、真ん中の中踊りの時は、松田に思いを馳せて踊った。

終わりの入羽は、前の二つに比べ、曲も短いし、曲のテンポも速い。前の二つの重苦しい調べから、軽やかな調べに変わる。いわゆる転調がある。

歌意は、私の面影が立つのなら、別れた時にあなたの袖に移した私の匂いで、私を思い出してほしい、である。

これまでは、私の匂いをあなたの袖に移してあるから、私のことを思ってくれ、とし、ひたすら思い続ける踊りにしていた。

しかし、今日の踊りは、匂いを袖に移してあるから私を偲《しの》んでもいいが、私を思わないならどうとでもしろ、という開き直りの踊りにした。目の前には我が子がおり、その子に思いを寄せての踊りになった。

どうしてそういう踊りになったかというと、転調である。重苦しい曲が全編を通じて流れているのなら、ひたすらあなたをお慕いしていいます、の踊りでいいが、転調により、重苦しい曲から軽やかな曲に変わるというのは、踊り手の心も、前の心とは違う心に変わるのは自然の流れでもある。

具体的な男女の色恋の例としてこういうものもある。男が浮気っぽく、女を次々に変えていく。それを知っていても男に思いを寄せるのも女心である。しかし、ある程度は男への思いに浸《ひた》っても、それが馬鹿馬鹿しくなり、開き直り、そっちがそっちならこっちもこっち、次の男を捜すわよ、にもなる。

次の例としてこういうものもある。男と女が恋をして、女は妊娠する。男は浮気っぽくて次の女に夢中になる。女は男を諦め、別れる。子を産むが、男に知らせない。そんな浮気っぽい男でも思いは続いている。一日の生活で、男に思いを寄せる時もあるが、それに浸ってばかりはいられない。さあ我が子をどう育てるかに気持ちは変わる。

今日の孝子は、二番目の女の気持ちで踊った。初めと真ん中は松田への思い、終わりは我が子に思いを転じての踊りである。転調は自然に孝子をそうさせていた。踊り終わったら、さっぱりした良い気分であった。これまで転調は懸案として孝子の頭にあり、今日の踊りで一つの糸口が見えたみたいである。

今日はその踊りになったが、次はどうなるか分からない。「諸屯」は奥深い踊りである。奥義《おうぎ》を目指し、日々研鑽《けんさん》を積まねばならないと孝子は思った。

別　離

松田が帰国して初めのうちは、ワシントンにいる孝子に電話を掛けると通じていた。しかし、ある日を境にプッツリ電話ができなくなった。

孝子のワシントンの知り合いに電話で聞いてみると、大使館を辞めて、バージニア州の州都リッチモンドに行ったという。向こうで落ち着いたら連絡をすると言ったが、音沙汰がないということだった。孝子が大使館を辞めたのは事実と分かったが、どうしてそうしたか不可解だった。

そのうち孝子から連絡があると待ったが、なしの礫《つぶて》だった。他の男性と行方を晦《くら》ましたかもしれない。チャーミングなので、孝子は男性にもてていた。

松田が帰国する前、荷造りをしている時、時おり孝子は寂しそうな、それまで松田に見せたことのない妙な表情を見せていた。松田が東京へ行き、寂しさが募《つの》り、そこへ男性が言い寄り、靡《なび》いたかもしれない。

大使館のローカルの独身の男性の何人かは、大使館で働きながら、大学で修士課程や博士課程に通っていた。志を持つしっかりした独身の男性の一人と意気投合し、それがリッチモンド行きになったのかもしれない。

いろんなことが、松田の頭の中で去来した。しかし、そういう詮索はいくらやってもキリがないので、とにかく孝子からの連絡を待とうと思った。

松田が東京に帰ってから勤務したのは、外務省の北米課であった。北米局の局長は、松田のワシントン時代の情文班の岡田公使である。

ワシントンのさくら祭りで、燈籠の火入れ式で火入れ嬢になった玲子は岡田局長の娘であり、父親から松田が帰国し、父親の北米局で働いているのを知った。

玲子は松田にデートを申し込んだが、松田は忙しいからと丁寧に断り続けた。何度か断った後、松田はデートを承諾した。それは、玲子とお付き合いをしたいからではなく、どうしてデートを断り続けたかの理由を話し、それゆえに、もう会うことはしないでおこうと提案したいからであった。

松田の言い分をしっかり聞いた後、それに対し、玲子は異を唱えなかった。自分はワシントンに短い間しかいなかったが、一番感銘を受けた人は孝子さんであったということ、松田さんには孝子さんが伴侶としてふさわしいことを述べた。その後で、玲子は、

「孝子さんから連絡が来たら、私は身を引きます。それまでは、時間の都合のつく時は付き合って下さい」

と言った。彼女の真摯な上手な誘いに、松田は乗っていかざるをえなかった。

両親のすばらしい人柄を引き継いだので、玲子とのデートは前進した。一人になり、孝子のことを思い出すことはあったが、寂しさは薄らいでいった。


中秋の名月の日、松田は玲子とデートをした。二日前に玲子から電話があり、デートの日は晴天で、満月がよく見えるということだった。

二人は新宿で落ち合った。駅の近くのレストランで夕食を取り、その後で高層ビルの最上階にあるバーへ向かった。そこからは、眼下に東京の夜景が見え、東向きのテーブルに座ると、月もよく見えるという。

玲子の手回しが良く、良い席が予約してあり、そこへ案内された。玲子はその予約のことを松田に言ってなかった。

「ありがとう。良い席を予約してあったんですね。晴天の夜、下に東京の夜景、上に明月、こんな素敵な所、私は初めてです」

「嬉しい、喜んでいただいて。こういう良い眺めですと、ロマンチックになりますね」

これには、松田が返答しないので、玲子は自分がはしゃぎすぎと思った。それで、松田の心情に合わせ、

「その後、孝子さんから何かありましたか」

と聞いた。こんな所で孝子のことを言い出す玲子は何を考えているのかと怪訝に思ったが、ロマンチックな場所で、それに酔わず、孝子のことに話題を向ける玲子の気遣いを嬉しく思った。

「気にはしていますが、そんなことを詮索してもどうにもならないから、あんまり考えないようにしています」

「私、松田さんとこういうお付き合いをさせていただいて本当に嬉しいのですが、孝子さんの素晴らしさはよく知っていますから、孝子さんから連絡がありましたら、身を引きますね」

しみじみとした口調でそういう玲子を、松田はいとおしく思った。

注文したものが来たので、二人はそれをゆっくり味わいながら、話を続けた。

星空を背に煌々《こうこう》と輝いている満月を見ながら、松田は、

「百人一首の阿倍仲麻呂《あべのなかまろ》の歌、どう思いますか」

ビルの最上階で二人満月を見る

と聞いた。

「天の原　ふりさけ見れば　春日なる
　三笠の山に　いでし月かも

ですね。松田さんは、どう思われますか」

と、玲子は逆に聞いた。

「単純明快な歌ですね。歌謡曲には、演歌、ポップスがありますが、演歌は歌詞も曲も単純明快です。ポップスは、歌詞も曲もややこしいです。私は両方よく聞きます。仲麻呂の歌は、演歌ですね。百人一首にはポップスが多いですね」

「私もそう思います。百人一首の選者、藤原定家《ふじわらのていか》の百人一首の歌はポップスです。

来ぬ人を　まつほの浦の　夕なぎに
　焼くや藻塩の　身もこがれつつ

これはシンボリズム（象徴主義）の歌です」

「定家の歌がシンボリズムとは知りませんでした。すると、彼がシンボリズムをあの時代に確立したのですか」

「源流は、柿本人麻呂《かきのもとのひとまろ》になります。人麻呂の歌にすごいのがありますね。

淡海《おうみ》の海《み》　夕波千鳥　汝《な》が鳴けば
　心もしのに　古《いにしえ》思ほゆ

定家はこの名歌を百人一首に選ばないで、
あしびきの　山鳥の尾の　しだり尾の
　ながながし夜を　ひとりかも寝む
これを取りました。シンボリズムの歌です」
「定家や人麻呂がシンボリズムまでいっているとは知りませんでした」
松田は玲子の話を感心して聞いていた。外の満月を見ながら、玲子はまた話し始めた。
「孝子さんは、ドビュッシーの『月の光』で、沖縄の最高峰の踊り『諸屯《しゅどぅん》』を踊られたそうですね。私、母から聞きました。ヴェルレーヌに『白い月』という詩があります。ドビュッシーはその詩を読んでいたかもしれませんね」
「どんな詩ですか」
「新妻マチルドへの愛を綴《つづ》った詩です。

　白い月
白い月　森に映え、枝々から
葉をふるわせて　発する声……
おお　愛するひとよ。
底深い　池の鏡に　映る影、

その黒い柳に　風は泣き……
さあいまは、夢みる時。

ゆったりと　やさしい和らぎが
月の渡りの　虹色の空から
降りてくるよう……

いまこそは　妙なる時刻　（渋沢孝輔訳）

これだけの短い詩です。月影に風は泣き、としています」

そこまで玲子が言うと、松田はじっと下を向き、考え込んだ。

「思い出したのですか、孝子さんのこと」

と玲子は聞いた。松田は、

「うん」

とだけ答え、ジェファーソン記念堂で満月の夜、二人で月影を見たことは、口にしなかった。

俯《うつむ》いている松田を見ながら、玲子は話し始めた。

「思い出させて、すみません。孝子さんは、私が会った女性の中で、一番素晴らしい方です。

ダンスパーティーでお二人がラストダンスを仲睦まじく踊っていらっしゃるのを見て羨ましく思いました。孝子さんから連絡があり、お二人が結ばれるのを願っています。たまには訪問させて下さい。そういう日が来ることを祈っています」

最後は涙声になり、玲子は俯いて啜《すす》り泣いた。近くのテーブルの人達は、玲子が泣いているのに訝《いぶか》しげな眼差しを向けた。松田はそれには平気だったが、人に迷惑をかけてはいけないと思い、玲子を促し、店を出た。そして、駅に向かって歩いた。

玲子は肩を落とし、ずっと項垂《うなだ》れていた。松田は腕を伸ばし、玲子を抱きながら歩いた。時々腕に力を入れ抱き寄せると、玲子はそれに付いてきた。自分に頼り、身を寄せている玲子をいとおしく思った。

松田は帰国してから、岡山にいる母親に会っていない。その母親が連休を利用して、息子のマンションに滞在することになった。玲子はそのことを松田から聞き、母親と食事をしたいと願い、銀座のレストランに行った。玲子は申し分のない対応をした。自然の振る舞い、もの言いであったが、すんなりと母親の心の中に入っていった。

玲子と別れ、二人きりになった時、母親は息子に言った。

「ワシントンで会った娘さんも素晴らしかったが、このお嬢さんも素晴らしい。お前は良い女の子に巡り合うね」

と誉めた。

母親が次の日に岡山に帰る日、外務省で松田は上司の岡田局長から、

「突然で本当に申しわけないが、お母さんをうちに招待したいけど」

と、思いがけない誘いを受けた。母親に電話で聞くと、「いいよ」という返事で、二人は夜、西荻窪にある岡田邸に行った。

広い食堂で、すでにご馳走が並べられていた。

「これ、ほとんど玲子が料理を致しました」

と母親は娘を立てた。玲子は母親からフランス料理の手解《てほど》きも受けていたが、松田の母親には日本料理が良いと判断した。

玲子が作った料理もおいしかったが、岡田一家の皆々には、お客をもてなす心のやさしさがあった。実に和《なご》やかな雰囲気が漂い、その中で、夫亡き後の母親の苦労話に耳を傾けた。岡田夫妻はもっぱら聞き役に回り、母親から息子を一人前に育てた話を引き出した。

帰りしな、母親が息子に、

「あんな偉い方が、私ごときを立てて下さる。お前も見習わなければいけないよ」

と言った。松田もそれは実感していた。

松田と玲子の仲は、次第に深くなった。両家の親は諸手《もろて》を挙げて二人の結婚に賛成で、外務省で官僚のトップである次官夫妻が媒酌人になった。

玲子は結婚の前に、東大の大学院を辞めていた。結婚後は家庭に入るというのが表向きの理由だが、内実は玲子は胎内に児《こ》を孕《はら》んでいたのである。

早目の出産には、二人のもくろみがあった。外交官は、本省勤めを二年、もしくは三年したら、次は外国に赴任しなければならない。できたら日本で子供を出産したいという希望があった。

そこで、日本でのハネムーンを兼ねた新婚生活で、玲子は無事出産した。女の子であった。明美と名付けられた。岡山にいる松田の母親、玲子の両親は初孫の誕生をとても喜び、何かにつけ孫の様子を見に訪れた。

明美が一歳の誕生日を迎える前に、松田は辞令を貰い、赴任地のポーランドに家族全員で行った。

首都ワルシャワの東側を流れるヴィスワ川の畔《ほとり》に建っているマンションに居を定めた。天気の良い日は、近くに噴水公園があり、玲子はよちよち歩きの明美を連れて、散歩を楽しんだ。夏季の週末には、その公園で音と光の噴水ショーがあり、一家揃って見に行った。夜のしじまの中で展開する不思議な光の動きに、明美はじっと見蕩《みと》れていた。明美はショーに心を奪われ、両親は明美の顔に心を奪われた。

ポーランドで一家は楽しい日々を送ったが、二年を少し過ぎた時、玲子は胸に違和感を覚えた。病院で診察を受け、精密検査をして貰ったら、乳癌であった。帰国して再検査を受けた。かなり進行しているので、早めの手術が必要であった。

外務省の人事課の課長は、松田の大学の先輩であり、親しかった。次の勤務は東京なので、早めの帰国を頼んだ。

辞令を貰い帰国したが、その前に玲子は手術をしていた。早速、松田は娘の明美と一緒に見舞いに行った。玲子は気苦労も加わり、とてもやつれていた。松田は玲子の手を握り、

「僕がいるから、これからはしっかり回復していくよ」

と言った。玲子は頷いたが、弱々しかった。

毎日松田は見舞いに行ったが、ある日、帰りしな、玲子が、

「ハンカチ見せて」

と言った。松田は上着のポケットからそれを出して、玲子に見せた。

縁が少し綻《ほころ》びていた。

「今度来る時、針と糸を持ってきて。もう一つのハンカチも綻びていると思うから、二つ持ってきてね」

と言った。

そのハンカチは、孝子が沖縄へ祖母の葬式に行った時、お土産として松田にあげたものである。松田はそれをずっと使い、玲子もそれをきれいに洗濯し、アイロンをしていた。

次に見舞いに行った時、玲子は松田が持ってきた針と糸で、綻びを直し始めた。やつれた弱々しい手で綻びを直している玲子の姿を見て、玲子の心根のやさしさが、松田の胸にひしひしと伝わってきた。いとおしくてたまらなくなり、ハンカチの綻び直しが済んだ時、松田は玲子の手を握り、

「ありがとう、ありがとう。大切に使うからね」

と泣きながら言った。

みんなの願いも空しく、玲子の命は助からなかった。みんなに良く思われて、玲子は亡くなった。あの世に旅立つ玲子に、松田は、「明美はしっかり育てるから」と心に誓った。

育　児

大学の図書館は、金曜日がわりかし忙しい。週末に本を読もうという真面目な生徒が来るからである。一人の女子大生がルース・A・ローズという人が書いた『ノーフォーク（人々の歴史）』という本を借りた。

二週間後に、その学生は本を返した。その時、どうしてその本を読もうと思ったのか、聞いてみた。

「自分はノースカロライナからこの大学に学びに来たのですが、この町がどういう町か知りた

くて」

と言っていた。

孝子は感銘を受けた。俊子を育てるにあたり、この町がどんな町か自分も知るべきと思い、読んでみた。すると、ノーフォークは歴史的に教育に熱心な町だったことが分かった。南北戦争の二十年前から、白人の子供への教育の無料化が行われていたのだ。

また、町は学校に黒人を受け入れないので、宗教団体に頼り一八八二年に初の黒人の公立学校が開校された。

一九五四年に最高裁が学校での人種統合を命令したが、バージニアは州としてそれに反対した。州法を公布して、人種統合した場合は、学校に教育予算は付けないとした。それに対してノーフォークは、人種統合に賛同。白人と黒人の公立学校をスタートさせた。

孝子はこの本を読み、ノーフォークは良い町だと思った。この本は孝子に、俊子をしっかり育てようという励みを与えた。

孝子は大学の図書館員の仕事を頑張り、娘俊子は健康ですくすくと成長した。小学校に入学したが、背も高くすらっとして、勉強もよくでき、スポーツも万能だった。母親も沖縄で小さい時からいろんなことに抜きん出ていたが、娘もそれを受け継いでいた。

そういう娘を見て、孝子は俊子が小三になった時、琉舞をスタートさせてみようかと思った。

孝子も琉舞を小三の時に始めた。娘に聞いてみると、やってみたいと言ったのだった。娘の俊子は、毎週母親が琉舞の練習をしているのを見て、嫌がらず、むしろ母親の動きを目で覚えようとしていた。

スタートしてみると、呑み込みは早かった。母親も早かったが、娘の俊子も良い血を受け継いでいた。練習は日曜日の午後だったが、孝子はまず自分の踊りをそそくさと切り上げ、娘の指導に力を入れた。師匠上原が自分に教えたように、孝子は娘俊子に伸び伸びとした指導をしていた。

アメリカは日本に比べ、ひとり親でも子供が肩身の狭い思いをすることは少ない。俊子はスポーツも勉強もよくでき、性格も良かったので、人気者で、ひとり親でも寂しい思いはしなかった。

小学校五年生の時、俊子は母親に父親のことを真剣に聞いた。孝子は、ありのままを話した。素晴らしい人で、日本で国のために頑張っている人だと言った。名前、職業は言わなかった。素晴らしい人だから胸を張って、全てをしっかり頑張ってほしいと言った。

一生会えないかもしれないが、もし会えることがあったら、自分はこう頑張ってきましたと、自分自身を見せてほしいと言った。言いながら、目にいっぱい涙を浮かべた。

「分かった。お母さん、私は力いっぱい頑張るね」

と俊子は言い、自分も泣きながら、母親の手を握り、しっかり頑張ると誓った。

その時である。母親孝子にある閃《ひらめ》きが走った。俊子は成績が抜群なので、中学はノーフォークの公立中学に行かせないで、ワシントンで一番良い私立の中学校に通わせようと思った。ケネディとかレーガンとか歴代の大統領の葬儀は、ワシントンの高台にあるナショナル・カテドラルという米国キリスト教聖公会の寺院で行われる。その寺院は私立の小学校、中学校、高校を経営している。

ワシントンには全米を統括する官公庁があり、そこに勤めるお役人がいっぱい住んでいる。そのお役人のリーダーが、上級職の公務員試験を突破して官僚になった人々である。

上級官僚の子供達には、優秀な者が多い。そういう優秀な子供達が目指しているのは、良い私立の学校である。その中の筆頭は、男子がセイント・アルバンス、女子がナショナル・カテドラルで、小学四年生に当たる年齢から男女別となり、中・高一貫も含めて九年間学ぶ。そこからは名門のハーバード大学等へ大勢が進学する。

そこへ入るには、入学試験があり、一番の難関である。そこの小学校に入った生徒はエスカレーター式で中学、高校に行けなくて、節目、節目に厳しい試験を受ける。

母親孝子は、娘俊子をそこに通わせたいと思った。俊子にそれを言ってみると、やってみたいと目を輝かせた。

目標を設定すると、俊子の頑張りは真剣なものになった。休みを利用して、孝子はワシントトンへ行き、入試に関する情報、問題集を集めた。それを俊子にやらせてみて、難問でできないものは、やり方の近道だけ教えるのではなく、いろんな方法があれば、時間を掛けてそれも教えた。そのやり方で、俊子は数学がとても伸びた。難しい設問にはいろんな解き方があるのを知った。

親子の頑張りが実を結び、俊子は難関を突破し、見事に名門のナショナル・カテドラルに合格した。

母子はワシントンに移住しなければならないので、ワシントンの日本大使館に手紙を書き、就職を申請した。そして、長らく勤めた大学の図書館員の仕事を辞めた。

ワシントンDCでマンションを借り、移り住んだ。そして、ノーフォークから送った荷物を片付けていった。そうこうしているうちに、大使館から手紙が来て、前勤めていた情文班に空きができるのでどうか、と打診してきた。孝子は渡りに舟と、喜んで就職すると返答した。大使館から採用の通知を貰い、八月から勤めることになった。アメリカの学校は九月からスタートし、俊子もナショナル・カテドラルに通うが、もう一つの学校にも通うことになった。ワシントン日本語学校である。そこは土曜日一日、日本の勉強をする補習校である。教わる教科は、国語、数学、社会の三教科である。一日の勉強で、日本の学校の一週間分を学習する。

ノーフォークには、日本人学校はなかった。それで、孝子は娘が学齢期になると、国語の教科書を日本から取り寄せ、日本語を教えた。俊子は日本語にも興味を示し、しっかり習得していった。日本の公共放送のテレビはアメリカ全土で受信できるようになっており、俊子は家では日本のテレビ番組を見ることが多かった。

九月になり俊子は、週日はナショナル・カテドラル、週末は日本語学校に通った。ナショナル・カテドラルでは生徒がみなよくでき、授業のレベルは高かった。そういう中にあっても、俊子は抜きん出ていた。数学で難問の応用問題を教師が出した時、教師はみんなから正解が出てくるのを待った。待っても出てこない時、俊子を指名すると、俊子は必ず正解を答えた。

それでいて、俊子は明るく、みんなと分け隔てなく付き合ったので、人気者だった。授業参観の時、保護者が大勢学校に来た。アメリカ政府の公官庁の上級官吏の妻が多かった。孝子の周りには親達が大勢集まり、俊子のことを誉め称えた。

日本語学校では、日本語がよくできるグループと、できないグループがあった。よくできるグループは、日本の学校に通っていた生徒で、父親のワシントン勤務のために日本から来た生徒達である。日本語がよくできないグループは、アメリカ生まれ、アメリカ育ちの生徒達である。

そういう中にあって、アメリカ生まれ、アメリカ育ち、しかも日本の小学校には通ってなくて、中学の国語の勉強がよくできる俊子は希有《けう》の存在だった。それで、俊子は日本語学校でも人気者になった。

日本語学校に通い、慣れてくると、俊子は日本語学校の様子が分かってきた。クラスは二十人くらいであるが、二組に分かれている。日本語組とアメリカ組である。

アメリカ組は、母親が日本人で、父親がアメリカ人の場合が多く、家での会話は英語になるから、小学校の一年生から入学しても、次第に国語の力は落ちてくる。

この二つのグループは、国語の授業でも差があったが、昼食を食べる時も分かれた。昼食はカフェテリアで持参した弁当を食べるが、二組に分かれる。しかも、アメリカ組は日本語学校なのに、昼食の時は友達と英語で話すのである。

俊子は、これではいけないと思った。それで、昼食を食べる時、アメリカ組の生徒と食べ、「日本語で話そうよ」と提案した。俊子はクラスで人気があり、人望もあるので、食事中初めは英語、日本語半々の会話だったが、次第に全員、努力して日本語だけを話すようになった。

日本語の下手な生徒が、たどたどしい日本語でみんなの前で話す時、話が終わったら、孝子が拍手を送ると、みんなもそれに合わせて拍手を送った。

その次に、俊子は英語グループの子二人を連れて、日本語グループに加わり食事を食べた。みんなが話している話題に、連れてきた子が入っていけそうな時、俊子は「この子の話を聞いてあげて」と話をさせた。たどたどしい話し方で、自分の話をし終わると、俊子は拍手をし、みんなも拍手に加わった。

俊子の二分されているクラスを一つにするという努力は、次第に実を結んでいった。今まで昼食の時、二つのグループは分かれて食べていたが、入り混ざって食べるようになった。

次に俊子がやったのは、英語グループの生徒の日本語の力を上げることである。俊子が国語の先生にお願いしたのは、自分の一週間毎《ごと》の席替えである。クラスの担任は、一学期毎にクラスの席替えをし、それは一学期中固定される。その固定された自分の席を、一週間毎に、日本語の力のない生徒との同席をお願いした。

このやり方は、クラスの座り方に一つの提案をした。クラス全員が俊子のやり方に賛成であった。国語のできる生徒とできない生徒が一つの組になり、そういう組み合わせでクラス全体が構成される。このやり方でクラス全体の国語の力が上がるのである。できる子とできない子との組み合わせをクラス全体でやるというやり方は、初め国語の授業でスタートしたが、数学の授業でも採用された。そうすると、クラス全体の数学の力が上がるのである。

数学で、俊子はもう一つクラスに刺激を与えた。やさしい問題だけでは、よくできる生徒は退屈する。それで難問にチャレンジさせる。俊子のクラスに、日本で御三家と呼ばれる名門女子校出身の数学のよくできる生徒が二人いた。その子達が解けない難問を俊子はよくできたのである。

そして、難問を御三家の生徒が解けた場合、数学の教師は、違う方法で解ける生徒はいるかと更なる問題を出した。それにも俊子は正解を出した。時には違うやり方を、二つも三つも考え出した。これには教師も驚いたが、クラス全体に、数学を解くのにいろんなやり方があるのを示した。

俊子が数学で冴えたのは、ノーフォークでナショナル・カテドラルを目指して勉強した時、母親孝子から教わった、答えは一つでもやり方はいくつもあるということを身に付けたからである。

俊子は日本語学校でどういうことをやっているか、日本語学校の様子を母親には話さなかった。日本語学校の行き帰りの車の中でよく話すのは、社会の授業のことだった。

俊子は日本へ行っていないので、日本のことが学べる社会の授業はとても面白かった。日本から来た級友もそのことを知っているので、休み時間になると、俊子の所に級友が集まり、授業に関するいろんなことを話してくれた。社会科の授業は三教科の中で最後にある授業なので、その授業について母親からもいろんなことを聞きたかったのである。

日本語学校の子供の送り迎えに、保護者は車を使う。送りは子供を下ろすだけだが、迎えはパーキングに車を停める。授業が終わり子供がこちらに来るまで、そこで待つのである。

そのパーキングで娘俊子を待っている時、母親の孝子は保護者の母親達から娘のことをよく聞いた。パーキングで、俊子のクラスの母親達は孝子の所に集まった。集まって、娘俊子のことをいろいろ話してくれたのである。日本語グループ、英語グループとクラスが二分されていたのを一つにしたこと、国語力が弱かった生徒達にできる子達が力を貸して、クラス全体の国語の力を上げたこと等である。

御三家出身の生徒の母親からは、自分達が解けない高校入試の数学の問題を俊子が解けたとか、自分達がたとえ正解を出しても、その答えの出し方以外のやり方をいくつも知っていたこと等を聞いた。自分達は御三家を休学してワシントンに来ているが、お嬢様からとても良い刺激をいただいて、とてもありがたいです、ということも聞いたのである。

その上に、ワシントンで一番良いナショナル・カテドラルに通っていることも保護者の間では知られていたが、母子家庭なのに、お子さんを上手に育てていると評判だった。それで、母親達から、どういうふうに娘を育てているか、よく聞かれた。それに対し、孝子は、

「これをやってみたらと持ちかけると、素直にしっかり取り組んでくれます」

と、その通りのことを言ってあげた。母親連中は、その素直さをとても羨んだ。

春になり、俊子はさくら祭りのパレードを見た。母親は大使館の仕事でいっしょに見られなかったので、友達と見た。俊子が注目したのは、沖縄のエイサーのグループである。エイサーは盆の時節に現世へ戻ってくる祖先の霊を迎えるための踊りで、歌や囃子《はやし》に合わせて道を練り歩くのである。一行は色鮮やかな紅型《びんがた》等琉球伝統の装いをしていた。一行の中に、クラスメートの里美がいた。彼女は小太鼓を勇壮に叩いている。

次の土曜日に、日本語学校で里美からエイサーのグループのことを聞いた。そのグループは、毎年さくら祭りのパレードに参加するという。そのために、毎週一回練習があるという。アメ

リカ人がコーチで、その人は若い時に沖縄へ行き、エイサーを見て魅了されたという。母親孝子は、俊子は母親に、自分もそのグループに入り、練習をしたいと申し出た。

「二つの学校で勉強をしているけど、支障は出ないの」

と聞いた。俊子は、

「大丈夫」

と胸を張ったので、母親は笑って了承した。

再　会

孝子が大使館に再就職をした時、かつての同僚もかなりいた。娘の父親のことを聞かれると、

「好きになった人と恋愛し、子供ができた。その人とは別れた」

と言い、父親は誰であるか口を閉ざした。

六月の公務員の異動で、かつての孝子の恋人松田が大使館に赴任してくるという。政務班の班長として来る。公使になって来るのである。小学校の高学年の娘を連れてくるという。

ランチを食べながら、かつての大使秘書時代のことを知っている同僚が、松田のことをいろいろ孝子に話した。松田は以前情文班の岡田公使の令嬢と結婚したが、その人は乳癌で亡くなったこと等を孝子に話した。

松田と別れてから、孝子は松田のことを知らなかった。知ろうともしなかった。子育てで苦しい時、松田のことが目に浮かぶこともあったが、松田の無事、栄達を祈った。

ランチを食べながら、玲子が亡くなったことを知り、びっくりした。食事が喉《のど》を通らなかった。狼狽《ろうばい》を同僚に気づかれないようにした。

松田が大使館に赴任してきた最初の日、孝子は松田と廊下で会った。二人ともうろたえた。松田の狼狽が大きかった。孝子は松田が赴任して来ることを知っていたが、松田は孝子が大使館で再び働いているのを知らなかった。ワシントンに向かう飛行機の中で、孝子は今どうしているか思い浮かべたが、大使館でまた働いているのを知りびっくりした。

孝子は、奥さんが亡くなったお悔やみを言った。その人ゆえに自分は身を引いたのに、その人が亡くなっていたのだ。松田は孝子のお悔やみの言葉を真摯に受け止めたが、孝子の胸中までは分からなかった。

「それではまた」

と松田は言い、二人は別れた。かつて情を交わした二人だが、旧交を温めることはなかった。松田は孝子を食事に誘わなかった。亡き妻への気兼ねであった。生きたくても生きられなかった妻の悲しみを思うと、昔の恋人と食事を共にすることはできなかった。

孝子も松田を食事に誘うことはできなかった。ローカルの平の職員が、公使に声掛けはできなかった。

松田と孝子は、相手の存在を大いに意識しながら、近づきはしなかった。それでも廊下で会う時は、お互いに目でにこやかな交流をし、挨拶を交わした。

松田は孝子に近づいてはいかなかったが、孝子のことは少しずつ耳に入ってきた。母子家庭で、中学生の娘がいること。そして、パーティーで上昇志向の強い外交官夫人連中から、孝子の娘がみんなが羨むナショナル・カテドラルに通っている秀才であり、日本語学校でも習熟度の低い生徒の日本語力強化の運動の先頭に立っていること等を聞いた。

松田の娘明美は、週日は現地校に通い、週末は日本語学校に通った。小学校の高学年になっていた。日本では御三家の一つの私立の小学校に通っていた。ワシントンに来て、現地校に通ったが、英語の授業にしっかりついていけた。父親がロンドンに赴任し、一緒に行っていて、そこで英語は身に付けていた。

次の年の春、明美は家のお手伝いと一緒にさくら祭りのパレードを見た。そこで、エイサーの一行の勇壮な踊りを見た。一行の中に同級生はいなかったが、上級生が何人かいた。日本語学校で下級生は、上級生の誰かを憧れの目で見る。日本語学校で昼食の時、全校生徒はカフェテリアで食事をする。明美はお手伝いが作った弁当を食べながら、俊子をかっこいい先輩と思って見ていた。顔もスタイルも良く、立ち居振る舞いが他の生徒とは違うのである。

その憧れの先輩がエイサーの一行の中にいた。それが俊子である。中くらいの太鼓を持ち、音楽に合わせて打ち鳴らすが、姿勢がしゃんとして、体を回すところや、撥《ばち》を上に颯爽と上げるところが、一際《ひときわ》目立っていた。俊子は琉舞を習っていて、男踊りの華である「高平良万歳《たかでいらまんざい》」で、男性の勇壮な動きを身に付けていた。

明美は夜、父親にパレードの話をした。その中で、エイサーの一行が特に良かったと言い、そのクラブに入りたいことを請うた。父親は了承し、入部することになった。

それで、明美はエイサーのクラブで毎週俊子に会った。俊子から片面鋲留《びょうど》め小太鼓のパーランクーの打ち方や、踊り方を教えて貰った。明美は俊子をやさしい姉みたいに思い、昼食の時は俊子の所へ行き、俊子の友達の中学生の先輩と一緒に食べた。

素敵な姉がいると、妹は姉のまねをする。俊子が母親から琉舞を習っているのを知ると、自分も習いたいと俊子に頼んだ。俊子は母親にそのことを伝えた。母親の孝子はびっくりしたが、明美の父親がいいというのであれば喜んで教えると言った。それで明美は父親に頼んだ。父親もびっくりしたが、了承した。

日曜日の午後二時に、明美は孝子のマンションに、お手伝いが運転する車で行った。お手伝いは、玄関で出迎えた孝子に、

「四時に迎えに伺います」

と言って立ち去った。

孝子は明美を中に入れ、ソファーに娘と二人並んで座らせた。冷蔵庫の中からケーキを取り出し、テーブルの上に置き、自分も向かい側のソファーに座った。

さくら祭りのパレード

明美と俊子は、孝子が何を言うのか待った。しばらく、明美をじっと見た孝子は、ものも言わず、涙ぐみ俯《うつむ》いた。涙が止《と》め処無《どな》く流れ、どうしようもなかった。

俊子はびっくりして、

「お母さん、どうしたの」

と聞いたが、孝子はすぐには何も言えなかった。しばらくして、孝子は、

「明美さん、こんなに、きれいに、大きくなって。お母さん、大きくなった明美ちゃんをどんなに見たかったでしょう」

と言った。

「お母さん、明美ちゃんのお母さんを知っていたんだね」

と、俊子が言った。孝子は泣きながら、

「素晴らしい人だった。とってもきれいだった。私が知っている中で、一番の人だった」

と言い、泣きじゃくった。

しばらく明美は黙っていたが、泣き止まない孝子を見て、

「ワシントンで母を知っている人にお会いできて嬉しいです。母を思ってこんなに泣いて下さるなんて、母も喜んでいると思います」

と言った。それを聞いて孝子は、

「こんな立派なことを言えるなんて」

と言い、また泣きじゃくった。

俊子と明美は、もうどうしようもないと黙っていたら、しばらくして孝子は、

「二人でケーキを食べていて」

と言い、顔を洗いに行った。

すっきりした顔になって、孝子は戻ってきた。

「踊りを習いに来て、とんだ所をお見せして、すみませんでした。じゃあ踊りをしましょう」

と言って、明美と俊子をリビングルームの広い場所へ連れていった。

曲が流れるようにセットしてから、孝子は明美に言った。

「初めに『御前風《ぐじんふう》』という踊りをします。これは祝いの踊りです。踊りの基本が沢山入っています。歌に合わせて、俊子が踊ります。しっかり見ていて下さい」

曲が流れ、俊子は踊った。踊り終わってから、孝子は明美に、

「今度は曲をかけますから、明美さんが踊って下さい」

と言った。明美はびっくりして、

「覚えていません」

と答えた。

「知っています。うろ覚えでいいから踊ってみて下さい」

と言った。孝子と俊子は明美がどうするか見守ったが、曲に合わせ、自分の記憶を辿《たど》りなが

ら、手や足を動かした。

明美が踊り終わってから、

「よく頑張りました。もう一度同じ曲をかけ、俊子が踊りますから、よく見ておいて下さい」

と言い、曲が流れ、俊子が踊った。明美は目を凝らし、神経を集中して見入った。

「明美さん、それではもう一度踊って下さい」

と孝子が言い、明美の踊りがスタートした。俊子が踊った通りには踊れなかったが、「御前風」の特徴を所々に踊り、初めに比べると、様《さま》になっていた。

「よくできました。踊りを習得するには、手本となる踊りをしっかり見て、頭に入れることです。初めに言いましたが、どうしてこの踊りを真っ先にしたかというと、琉舞の基本的な型がこの踊りにいくつも入っているからです。来週から、この曲をいくつかに分けて少しずつ練習をして貰います」

と孝子は言った。

お手伝いが迎えに来たので、明美は帰った。夜、父親が帰宅し、明美は父親と二人きりになった。

「どうだった」

と聞く父に、明美は一部始終を興奮して語った。

「俊子さんのお母さん、私を見て、泣いて泣いて涙が止まらなかった。お母さんをよく知っていたの？」

　と、明美は父親に聞いた。父親は、

「うん」

　とだけ答え、俯いて黙った。明美は、

「お母さんのことを思って、あんなに泣いてくれるなんて、私、とっても嬉しかった」

　と言いながら涙ぐんだ。ティッシュで涙を拭いて、その後どういう風に初めの踊りを教わったかを詳しく話した。

　そして、明美は、

「お父さん、私、琉舞をしっかり頑張るね」

　と言った。父親は、

「うん、うん」

　と頷き、それ以上は何も言わなかったが、明美は父親の後押しを心強く感じた。

　次の週から、明美の練習が始まった。「御前風」をいくつかに分けて練習をする。まず、俊子が曲に合わせ、前で踊り、明美は後ろで真似て踊る。このやり方で、もう一度踊る。今度は明美が一人で踊る。間違った所を孝子が指導し、もう一度明美が一人で踊る。うまく踊れたらそれで終了で、うまくいくまで続ける。

　来てから二時間後にお手伝いが迎えに来る。それまでは、次にやる俊子の踊りのレッスンを明美は目を凝らして見ていた。

　このやり方で、明美は三ケ月に一つの踊りを習得した。孝子は沖縄にいる親友の貞子に電話で明美の踊りについて話した。三ケ月に一つ踊りを覚えていると言ったら、上原舞踊教室で師範代をやっている貞子は、

「すごいよ。うちの二倍以上の速さだよ」

　と言った。孝子は、

「こっちは、私と俊子の二人掛かりで教えているからね」

　と、謙遜したが、孝子は明美に教えている手応えを感じた。


　いくつもの踊りができるようになった明美は、俊子とその母親を家に招いて琉舞の夕べを開いていいか、父に聞いた。父は向こうの親子が良いというのなら良いと答えた。俊子の親子も喜んでということになり、公使邸で日曜日に踊りの集いが開かれた。

　公使邸には、日本から連れてきたお手伝いがいて、その人が作った料理を食べた。夕食が終わり、踊りになった。

　明美は、俊子が前に着ていて、今は小さくなった踊りの衣装を着て踊った。初めは、二人で「浜千《はまち》鳥《どり》」、「谷茶前《たんちゃめー》」、次は明美が一人で「前《めーぬ》の浜《はま》」、最後は俊子が一人で「かせかけ」を踊った。

踊りが終わり、子供達二人は二階にある明美の部屋へ行った。お手伝いは食器を台所に運び、洗い始めた。孝子が手伝いかけたら、

「お客様は座っていて下さい」

と言われ、それに従った。

孝子と公使は居間へ行き、二人きりになった。二人であれこれと先程の子供達の話をしているうちに、公使は次第に黙りがちになり、何か考え込んだ。娘の顔と孝子の娘俊子の顔が、どことなく似ているのである。すると、今まで考えたことのない思いが頭に浮かんだ。

「ひょっとして、俊子さん、私の娘かい」

と聞いた。孝子はしばらく黙っていたが、防ぎきれない怒濤《どとう》の波に呑まれるように、

「そう、あなたの子です」

と言った。万感胸に迫り、わっと泣き出した。

「そうか。すまなかった。分からなかった。苦労をかけたね」

と言い、孝子の手を握り、公使も泣き出した。

居間の方で男女の泣き声がするので、台所で皿を洗っていたお手伝いが、何事かと来てみた。主人とお客のただならぬ様子に驚いたが、声掛けは失礼になると思い、二階に上がり子供達に知らせた。

俊子と明美が居間に来てみると、二人の親が泣いている。声掛けをしようと思ったが、取り

乱し、何もかも忘れて泣いている姿がとても神々《こうごう》しいので、何も言わずに見蕩《みと》れていた。

そのうちに、明美の父親がポケットからハンカチを取り出し、自分の涙を拭いた。涙で曇った目でそれを見ていた孝子が、

「これ、私があなたにあげたハンカチ。まだ使ってるの」

と聞いた。

「玲子は、いつもきれいに洗ってくれてね。亡くなる前、私に針と糸を持ってくるように頼み、痩せ細った手で、綻びを繕《つくろ》ってくれた。君が私にくれたプレゼントを、とても大切にしてくれた」

と明美の父が泣きながら言うと、

「玲子さん、ありがとう、ありがとう。本当に心のやさしい方でした。だから、あなたには、玲子さんのようなすばらしい人が良いと思って、私は身を引いたの」

と孝子は言い、二人は今まで以上に泣きじゃくった。松田と孝子は、自分達が取り乱し、それを子供達やお手伝いに見られているのを知っていたが、長い年月心に積もった感情を一気に吐き出さざるをえなかった。

子供達もそれを知っていて、黙って親達の姿を暖かく見守っていた。

しばらくして、親達は落ち着きを取り戻し、洗面所で顔を洗ってきた。親達は二人並んでソファーに座り、向いのソファーに二人の子供を座らせた。

さっきとは違い、厳《おごそ》かな面持ちになっている親達を見て、娘二人は顔を見合わせた。公使は静かな口調で、

「あなた方は、きょうだいです」

と言った。半信半疑で、ひょっとしたらという喜びの気持ちもあり、明美が父親に、

「本当」

と聞いた。公使は真面目な顔で口をきりっと結び、首を縦に振った。

突然、幸せのシャワーをどっと浴び、子供達二人は抱き合って喜んだ。父親は事の成り行きを二人の娘に詳しく話した。

俊子が、

「ノーフォークで、お母さんにお父さんのことを聞いたんです。お母さんは、お父さんは立派な人で、日本のために頑張っている人だ。一生、会えるか会えないか分からないが、会う時があったら、こんなに頑張りましたと言えるように、毎日をしっかり頑張りなさいと言いました。それで私もノーフォークで頑張り、ナショナル・カテドラルに合格しました」

と言った。父親は、

「ありがとう、ありがとう。よく頑張ったね」

と言いながら、また、わっと泣き出した。

終　幕

踊りの会が思わぬことになったが、両家が一つになり、しっかりと結ばれた。公使は大使にこのことを報告し、孝子親子は公使邸に引っ越した。孝子は大使館の仕事を辞め、公使夫人として、外交官夫人の仲間入りをした。

ワシントンでの任務が終わり、一家は帰国した。松田は北米局長に栄転した。三年、一家は東京で過ごし、その後松田は、サウジアラビア大使、デンマーク大使を歴任した。娘の俊子は、ハーバードの大学、大学院で母と同じアメリカ文学を学び、博士号を取得し、東京の私大で教えた。明美は東大で日本文学を専攻し、東京都内の高校の教師になった。

俊子と明美は、高校・大学の夏休みには沖縄へ行き、母親の親友貞子から特訓で琉舞を教わった。そして二人は、沖縄の新聞社主催の琉舞の舞踊コンテストに参加して、新人賞、最優秀賞を二人とも、次々に受賞した。

孝子の親友貞子は、思いを寄せていた盛秀と結婚した。銀行を辞め、老齢になった師匠上原の跡を継ぎ、舞踊教室を営んだ。盛秀は公務員を続けながら、舞踊教室の手伝いもした。二人の間に二人の娘ができ、娘は二人とも母親から琉舞を習った。二人とも大学を卒業し、一人は教師、一人は政府の職員になった。二人とも、舞踊コンテストで新人賞、最優秀賞を取っている。母親の舞踊教室の手伝いもしている。

松田はデンマーク大使の役目を終え帰国し、本省勤めになった。次官を拝命した。外交官を統括する官僚トップのポジションである。世界各国との政府間交渉の陣頭指揮をとり、重要な政府間交渉では、総理大臣や外務大臣を補佐する。

そのため、日頃から各国の大使や外交官との付き合いが多い。各国の大使館から夫人同伴でよく招待される。孝子は英語、フランス語が堪能である。夫と連れ立って各国の大使館のパーティーに行く時、流暢な英語やフランス語を駆使し、日本の文化を上手に紹介した。

孝子は多忙な毎日を送ったが、時間が少しでもあると、息抜きに琉舞を踊った。沖縄にいる親友の貞子から、彼女の舞踊教室の発表会が劇場で行われると知らせを受けると、できるだけ都合をつけ、ゲストとして琉舞を踊った。県が主催する琉舞の催し物に踊ってほしいと要請があると、これもできるだけ都合をつけ参加した。

母親への舞踊の要請がある時は、いつも娘二人も同様に誘われた。俊子も明美もそれぞれ仕事があり、多忙だったが、できるだけ参加した。

孝子親子の琉舞への取り組みは、県や国内で知られるようになった。国立劇場で琉舞の催しが計画され、主催者は孝子親子の出演を画策した。俊子、明美の姉妹は、「加那《かな》よー天川《あまかー》」、そして、母親の孝子は、「諸屯《しゅどぅん》」をクラシックの曲で踊ってはと打診してきた。

それには、こういう経緯があった。孝子は若い時カーネギーホールで「諸屯」をクラシックで踊り、沖縄の新聞でこっぴどく叩かれた。熟年になり、請われて沖縄で琉舞を踊るようになると、もう一度クラシックでの踊りをさせてみようということになった。そして、新聞も絶讃ではないが、好意的な評価をくれた。

こういう場数を踏んでいるので、この度の国立劇場での琉舞の主催者は、文化のグローバル化の狙いもあり、孝子にクラシックで「諸屯」を踊らせてみようと思ったのである。

孝子はすんなりとその申し出を受け入れてもいいが、一つの要望を入れた。かつてのカーネギーホールでの公演の批評を引き合いに出し、クラシックの曲での踊りの次に、本物の「諸屯」も踊りに加えたらどうかと請うたのだ。そして、本物の「諸屯」の踊りは、親友の貞子ではどうかと持ち掛けた。主催者はこれも了承した。

当日、国立劇場には日本人の観客に加え、多数の外国人がつめかけた。かつてないほどの外国人の数だった。各国の大使夫人連中が、国立劇場で外務省の次官の令夫人とその令嬢二人が琉舞を踊ることを伝えた。それで口コミで広がってゆき、観客は連れ立って切符を買い、当日は令息、令嬢も多数加わった。

入り口では、「諸屯」の解説書が手渡された。「諸屯」をクラシックで踊るが、それは三つの曲で組み合わされている。初めに、ドビュッシーの「ベルガマスク組曲」の前奏曲、次に同じ組曲の中にある「月の光」、最後はフランク作曲の「天使の糧（パン）」である。そして、「天使の糧」では、踊りの時間調整のため、創作の踊りが少し加わっているとした。

パンフレットで、本物の「諸屯」については、三つの場面、出羽、中踊り、入羽のそれぞれの歌意を英語に翻訳をしておいた。

満員になった会場で、踊りがスタートした。次々に演目が進み、姉妹の番になった。軽快な「加那《かな》よー天川《あまかー》」を、姉妹は呼吸ぴったりで踊った。踊りが終わり、観客から割れんばかりの拍手があった。

孝子の出番が来た。孝子はクラシックで「諸屯」を慎重に、丁寧に、心を込めて踊った。まず通常の拍手が起こった。次に、各国の大使や令夫人、令息令嬢が総立ちになり拍手を送った。それにならって日本人の観客も立ち上がり、会場総立ちのスタンディングオベーションになった。すごい拍手と共に、「ブラボー、ブラボー」の声があちこちで起こった。

その後で、本物の「諸屯」になった。二つを見極めようと、観客は目を凝らした。外国人たちは手元にあるパンフレットを見ながら、本物の「諸屯」の踊りを真剣に見つめた。踊りが終わり、観客は心を込めて拍手を送った。

公演が無事終了し、日本人の観客は次々に出口から出て、家路に向かった。打ち合わせ通り、次官夫妻、娘二人は出口近くに並び立った。パーティーの見送りの方式をとり、外国の大使夫妻、令息令嬢と握手を交わし、お礼を述べ見送った。

家に帰る車の中で、父親はハンドルを握った。いつもは助手席に座る孝子も、その日は心まで疲れ、娘二人と後部座席でぐったりしていた。口もきかず、通り過ぎていく街並みをぼんやり眺めていた。

しばらくして、娘二人は今日の出来事を代わるがわる話し始めた。これまでは、沖縄の劇場でしか踊っていなくて、国立劇場という晴れの舞台での出演は、二人にとって緊張と興奮を掻き立てるものであった。

二人の話がしばらく途切れ、母親孝子が、

「あしたは、玲子さんのお墓にお参りに行きましょう」

と言った。娘二人はすぐさま口を揃えて、

「いいわ。とってもいい」

と応えた。

孝子は娘二人の話を聞きながら、遠い昔を思い出していた。美しかった玲子の面影が目に浮かんだ。思わず左側に座っている明美の手を握りしめた。突然の母の行為に驚いたが、明美は何も言わず、その手を握り返した。孝子は娘の手の温もりを感じながら、明日墓前で、玲子に何を語ろうかと目を閉じた。

女踊り（諸屯）

著者略歴

真喜志 興亜（まきし・こうあ）

昭和十七（一九四二）年東京生まれ。明治大学法学部卒業後、琉球銀行入行。行員時代、沖縄テレビの番組「土曜スタジオ」司会者を兼任。

昭和四十五（一九七〇）年渡米、アメリカン大学大学院入学、国際関係論を専攻し、博士課程修了。その後、クレスタ銀行入行、勤務の傍ら、毎週火曜・木曜日の夜にワシントンで夫人とともに私塾を開き、海外子女を教える。平成二十八（二〇一六）年、四十六年ぶりに日本に戻る。熱海在住。

著書に『真山の絵』（講談社、平成八年）。

諸《しゆ》屯《どうん》

二〇一九年四月一九日　初版第一刷発行

著者　真喜志《まきし》　興亜《こうあ》

発行　株式会社文藝春秋企画出版部

発売　株式会社文藝春秋

〒一〇二―八〇〇八

東京都千代田区紀尾井町三―二三

電話〇三―三二八八―六九三五（直通）

印刷・製本　株式会社　フクイン

ISBN978-4-16-008943-3